命のワンスプーン

瀬田裕平

彩流社

目次

［小説］

命のワンスプーン

（1）北斗へ

「年寄りにかまうな。ほっといてよろしい」

「お父様、何をおっしゃるの。咳と熱が続いているんです。救急車を呼びます」

「このまま寝ていれば、熱は下がって冷たくなるわい」

「ダメに決まっています！　そんなことしたら霊柩車を呼ぶことになってしまいます」

ベッド上の生活となっている近藤喜一《こんどうきいち》は、朝から咳が止まないでいた。夕刻になって咳をする体力もなくなり、さらに熱が上がってきた。

娘の紗栄子《さえこ》は１１９をかけた。


自宅前に救急車が到着し、喜一はストレッチャーに乗せられた。

「これで万事休すだな」救急車の中で、喜一は上目遣いに紗栄子を見た。

「そんなこと、おっしゃらないの！」紗栄子はストレッチャーの横にピタッと付いている。

「かかりつけの病院はございますか？」助手席の女性の救急隊員が訊いてきた。

「北斗大学病院です」紗栄子が即座に応えた。「四月と八月に、肺炎を起こして入院しているんです」

「ご希望通りにいかないかもしれませんが、連絡してみます」

　すると喜一が、頭を横に向けた。

「オブジェクションがある」

「なんですの？　お父様」

「肺炎を繰り返しているからね。大学に迷惑ばかりかけられない。今回は青山行きをお願いする」

「青山？」運転席の真後ろで、喜一の頭のところにあるスペースに座る男性救急隊員が訊いた。

「そう、青山だ」

「お父様、それは葬儀場です。ヤメて！　北斗大学病院をお願いします‼」

　運転席の救急隊員が、こちらに向けた背中を震わせている。笑う場面では、もちろん……ない。

「残念ながら救急車は、法律で決まっており葬儀場に搬送できません」まじめな顔で男性隊員が言った。

「お気遣いなく。そんなところ、お応え下さらないでけっこうです」紗栄子が申し訳なさそうに言った。

「何をしとるんだ」喜一の額の皺が寄った。

「あおいでいるんです」紗栄子は扇子を持っている。

「熱が出とるのは暑いからじゃない。炎症反応なんだから、むしろ体の中は寒いくらいだ」

　そうなんですか？　と紗栄子はあわてて扇子の動きを止めた。

「だったらホッカイロ持ってきた方が良かったかしら」

「そんなもんで体を温めたら、火に油を注いでいるようなもんだ」

「では、どうしたらいいんですか？」

「だからこのまま放っとけばいいんだ。なるようになる」

「放っておいたから、こんなことになってしまったんですよ。もっと早めに入院しておけばよかったんです」

喜一は頭を戻して、天井に向かってため息をついた。

すると女性の救急隊員がこちらを向いた。

「北斗大学と連絡が取れました。受け入れてくれますので、今から向かいます」

「良かった。ありがとうございます。よろしくお願いします」紗栄子は、扇子で自分をあおいだ。

「今度こんな連絡があった時には、自宅で寝ていないさいと言って拒否しろ、と神林君には伝えてあったのに」とつぶやくように喜一が言った。

「そんなこと神林先生が言えるわけがないでしょ。お父様の教え子なんだから」

「それってどういうことですか？」男性隊員が訊く。

「以前、父は北斗大学病院の消化器内科の教授を務めていたんです。神林信男《かんばやしのぶお》先生は、父の後任の教授です」

なるほど、と男性隊員は頷《うなず》いた。

「教え方を誤った。こんな老いぼれの命を救おうとしておるんだから、困ったもんだ」

「またそんなことおっしゃって」紗栄子は、扇子をたたんだ。

十二月に入って、目黒川沿いの桜並木はＬＥＤで装飾され、街にクリスマスの雰囲気を輝かせていた。師走の一般道は、いつもより渋滞しているようだ。サイレンのわりには、前に進まない。

「戻って来られるかの」喜一がポツリと言った。

「戻って来られます。そのために北斗大学病院へ行くんです」

紗栄子の言葉に、喜一は目をつむり、ひとつ大きく息を吐いた。

「お父様、大丈夫？」

喜一は返事をしない。

「お父様、お父様！」

喜一は少し目を開けた。「眠たい。少し黙っとれ」

渋滞を抜けて、救急車はスピードを上げた。

（2）　朝の診療検討会

地下鉄有楽町線のホームからエレベーターに乗り、上がり切ったところで、左は日比谷駅、右は二重橋駅に通じる直線の地下道になっている。どちらも地下鉄千代田線に乗り換えられるが、山内《やまうち》茜《あかね》は、右の連絡通路へ向かった。こちらの方が、日比谷駅よりも距離はあるが、通勤ラッシュの人混みが少ないのだ。

途中に東京會舘に登る通用口がある。通用口の壁に刻まれた東京會舘の字体は、茜にそこだけ厳かな感じを抱かせた。通り過ぎるとき、必ずそれに視線を向ける。行きであれば今日が無事に過ごせますことへの願い、帰りであれば無事一日が過ごせたことへの感謝、という茜流のジンクスだ。

彼女は、視線を前に移し、そこから二重橋駅改札に向かって小走りを加速した。

北斗大学歯学部付属病院の職員専用玄関で、茜は守衛さんに、おはようございます、と挨拶をして、突き当たり右のエレベーターに乗った。六階でエレベーターの扉が開くと同時に飛び出し、フロアーの一番奥にある摂食機能療法《せっしょくきのうりょうほう》学講座の医局に駆け込んだ。

すでに誰もいない。

彼女は自分の椅子にバックパックをボンと放り投げ、ロッカーから白衣を葉切り取り、同じフロアーの北側にあるゼミナール室へ向かった。

毎週水曜日は、七時三十分から診療検討会がある。

音をたてないようにゼミナール室の後部扉から入った。医局長を務める助教の桑野修一《くわのしゅういち》、大学院三年生の榊愛子《さかきあいこ》、大学院一年の加藤英明《かとうひであき》、そして三名の研修医は、すでに席についている。

茜は、後部に座る加藤の横の席に着いた。

茜と加藤は、昨年北斗大学歯学部を卒業後、一年間、摂食機能療法学講座で研修医を務めた。四月になって、加藤は大学院生として、茜は医員として、この講座に入局した。もう一人、昨年一緒に研修医を務めた佐々木篤哉《ささきあつや》がいたが、彼は口腔外科《こうくうげか》学講座の医員になっている。

歯学部には、二十ほどの診療科がある。義歯や被せ物のクラウンを専門に診療する補綴《ほてつ》診療科、むし歯の治療をする保存修復科、むし歯が神経（歯髄）まで進行してしまった場合の歯内《しない》療法科、歯槽膿漏を専門とする歯周病科、抜歯や口に関わる整形、腫瘍の手術を専門とする口腔外科、歯並びを整える矯正歯科、そのほかにも審美歯科、インプラント科などがあり、その中の一つが摂食機能療法科である。診療科に研究と教育部門が合わさることで講座となる。

「遅いぞ」

と加藤は、茜に肘を小突きながら言った。

桑野の発案で十一月から毎週水曜日の朝、各医局員の持ち回りで診療検討会を行うことになった。

「こんなことするなんて、入局する時は聞いてなかったし」

「どの講座でもしていることだろ」

「まっ、偉そうに。桑野先生みたいなこと言っちゃって」茜は加藤に小突き返した。

全国には二十九の歯科大学があるが、摂食機能療法学講座があるのは、北斗大学だけである。講座創設三年目に入ったが、准教授、講師は不在であり、医局員の構成からしても、まだ講座としての体裁は整っていない。

定刻を過ぎて、前方の扉が開き、教授の瀬田裕平《せたゆうへい》が、遅れて申し訳ないといったふうに入ってきた。彼はスクリーンに向かって最前列の右端に座った。

「おはようございます。それでは検討会を始めます」

今朝の発表者である愛子が、立ち上がってスクリーンの前で挨拶をした。顎のラインに沿ったひし形のショートボブの髪に、スリムな彼女は、白衣さえも新たなファッションのように映る。

「本日紹介するのは、北斗大学医科病院の十二階病棟に入院中の近藤喜一さん、八十四歳です。消化器内科の神林信男教授から、経口摂取の可能性について、精査の依頼がありました」

口から食べられない場合には、点滴やチューブ栄養にて命を繋ぐ。しかし、生きながらえさえすれば良いのではなく、生きる質が問われる時代になった。そこで手や足にリハビリテーションがあるのと同じように、口や喉の食べる機能にもリハビリテーションの原理を応用して、再び口から食べられるよう努めていく医療が始まった。それが摂食機能療法である。

「近藤先生は、元は医学部消化器内科の教授でした。今年の四月と八月にも誤嚥性肺炎《ごえんせいはいえん》で入院されていて、その時はいずれも一週間ほどの入院で自宅に退院しています」

誤嚥性肺炎は、飲み込みの機能である嚥下《えんげ》に障害があると、食べ物、唾液や痰を、気管に誤って嚥下してしまうことで起きる肺炎である。

「三度目の今回は、十二月一日に救急搬送されました。十年前には、食道癌の手術を受けています」

「誤嚥性肺炎だから、本来は呼吸器内科が担当するところだろうけど、食道癌の既往があるし、元消化器内科の教授でもあったから、昔の自分のところの診療科が担当したということかな」

そういうことだと思います、と桑野の言葉に愛子は肯いた。「神林教授の話ですと、肺炎を繰り返したので、今は、無気肺《むきはい》の症状が一番目立っているとのことです」

無気肺は、肺の容量が減少してしまい、呼吸に必要なだけの換気ができない状態である。肺炎が慢性化しているような場合にも、肺が潰《つぶ》されていくことで生じる。

「今回の嚥下内視検査では、咽頭部に唾液の貯留が多量にありました」

この場合の内視鏡は、鼻からセンサーを挿入し、レンズを通して咽の中の状態を観察するものだ。

「着色水を嚥下すると、咽頭部に貯留してしまいます」

愛子は、スクリーンに内視鏡画像の動画を映した。食用緑の着色水が、喉頭蓋《こうとうがい》と呼ばれる気管を塞《ふさ》ぐ弁の上に溜まり、食道に流れていかない。次の瞬間には、着色水が気管の中に入り込んだ。誤嚥である。

途端にむせ始めた。次にチューブが鼻から挿入され、気管口で泡状になっている唾液と着色水を吸引する像になった。

「ご覧の通り誤嚥を認め、現時点では、経口摂取は不可能と判断いたしました」

誤嚥が認められるようであれば、口からの食事は中止せざるを得ない。

「本人は食べたいという意欲はあるのかい?」桑野が訊いた。

「何か召し上がりたいものはありますか? と尋ねると、目をつむったまま答えてくださらないです」

「そうか。返事をする気欲もないか。熱のあるうちは、食欲がないのは無理もない」

内視鏡画像の次に、患者の概要がスクリーンに映し出された。身長、体重、血液検査の結果、および身体の活動性のデータが、過去二回の入院時データも含め、一覧表になっている。その次に映されたのは口腔内の写真である。歯、歯肉、口腔内の粘膜が、接写用カメラで撮影されている。

患者は入院して一週間足らずなのに、よくぞここまでの資料をまとめて発表できるものだ。加藤は、大学院の二年先輩である愛子の発表に見入っていた。

「近藤先生は、食道アカラシアに対して、世界で初めてバルーン拡張法をなさった方です」愛子は、スクリーンから目を離して、みんなの方を向いた。「そこで今回、食道アカラシアについて検討したいと思います」

えっ⁉　と加藤は声を発した。

彼女は続けた。「食道アカラシアは、食道と胃が接合する下部食道括約筋の原因不明の狭窄です。狭窄により、食事が胃に到達できずに逆流を起こしてしまいます。そこで、口腔からバルーンカテーテルを挿入し、狭窄部でバルーンをふくらませます。そのまま引き抜くことで狭窄部を拡張させ、食物が流れるようにするのがバルーン拡張法です」

おいおい、と桑野が口を挟んだ。「誤嚥性肺炎はどうなっちゃったんだ。食道アカラシアと今回の誤嚥性肺炎とはどんな関係なんだ?」

まさにそこは加藤も同感である。隣の茜は、先ほどまで下を向いてあくびばかりしていたのに、組んだ腕を机に乗せて身を乗り出している。

「近藤先生は食道アカラシアのパイオニアかもしれないけど、食道アカラシアになっているわけじゃないんだろ？」桑野が問いただす。

「はい。近藤先生は、食道アカラシアではありません」

「だったら、見てもいない食道アカラシアについて検討してどうするんだよ。それよりも、患者は四月、八月、十二月と誤嚥性肺炎を繰り返す反復性誤嚥性肺炎なんだ。食道癌術後に誤嚥性肺炎を起こす率は高いから両者の関連や、今一番の症状である無気肺について検討すべきだろうよ」

「おっしゃる通りです」

「だったら、そうしろっつーの。お前は、どうしていちいち屈折するんだ」

学生時代の剣道部で、桑野は愛子の四年先輩だ。桑野は部活のノリになっている。

「まあ落ち着いて聞いてください、先輩」

愛子にそう言われて、桑野は背もたれに背中を押し付け、口を尖らせた。

「近藤先生は、消化器内科の教授に就任して間も無く、食物の通過障害を起こす患者を担当しました。その患者にバルーン拡張を試みたのが最初でした」

真剣な顔ではあるが、奥に笑みを潜めているかのような愛子の表情は、妖艶な感じすら持たせる。桑野には、その感じが気に食わない。

すると茜が、組んでいた腕を解いて背筋を伸ばした。「なぜバルーンで拡張しようと思いついたんでしょう？　チューブ栄養か手術で済むことなのではないかと思います」

「山内さん、よくぞ訊いてくれました」愛子は大きく頷いてみせた。「なぜ近藤先生が、食道アカラシアをバルーンで拡張しようと思い立ったのか。それを今回、推理してみようと思うんです」

「はあ？」桑野が声を大にした。

「桑野先生、今回の発表のテーマはここです」愛子は桑野に体を向けた。

「バルーン拡張療法を推理することがテーマなのか？」

そうです、と愛子は躊躇《ちゅうちょ》なく返事をした。

「私たちは医師ではありませんから、脳外科、神経内科、消化器内科の疾患に専門性や治療法を持ちあわせているわけではありません。しかし、どの疾患も究極のところ摂食機能障害となることから、摂食機能療法科は、専門科の枠を超えて、多くの種類の疾患に遭遇しています。さらに私たちは、歯学書にない未知の領域に立つこともしばしばです。むしろそれが日常といっても良いと思います」

聞いている者が、肯き始めた。愛子はその反応を見て、一つ咳払いをしてから続けた。

「近藤先生は、食道アカラシアに対して、それまで消化器内科の医学書になかった尿道バルーンカテーテルに手を伸ばしました。なぜそのカテーテルに手を伸ばしたかを知ることは、私たちが臨床の現場で予想しなかった事態に直面した時に、いかに光明を見出すかのヒントになると思うんです」

桑野は仰《の》け反るようにして頭の後ろで両手を組んだ。納得できない様子だ。

「ちなみに榊先生は、どのように推理なさっているんですか？」

と研修医の明石悠美《あかしゆみ》が訊いた。彼女は、自《みずか》ら希望して、摂食機能療法科の研修医となった。来年度は講座の医員になることも希望している。しかし、彼女のような例は、講座創設三年目にして初めてのことだ。

学生は、歯科医師になる以上、むし歯や歯周病の治療、抜歯、あるいは歯科矯正といった技術を身につけ、将来診療所で働くイメージで入学してくる。

むし歯治療は、自然治癒に頼らず、黒いむし歯を白くしたり、痛みをとったり、結果が明確な医療である。その点、摂食機能療法は、すぐに結果が出るものではない。食べられる、食べられないといった究極の問題であり、生死に関わる責任を突きつけられることもある。歯学部生にとって摂食機能療法は、イメージしている歯科医療のレールから大きく外れており、そこを目指すことなど考えもしないのだ。

愛子は、悠美の方に体を向けた。

「近藤先生が初めてバルーンを行なった時代は、ＴＰＮが内科的時流に乗り、医者たちの間でＴＰＮができなければ医者じゃないとまで言われていました。私が、現時点で近藤先生から聞いて、知ったところはここまでです」

「ＴＰＮって何スか？」研修医の十和田幸太朗《とわだこうたろう》である。彼は審美歯科での研修医希望が叶わず、摂食機能療法科に席を置いている。

歯学部を卒業する前に、学生は希望する研修先の診療科名を大学に提出するが、人気のある診療科は希望者が定員を超えてしまう。保存修復科、歯周病科、補綴診療科、口腔外科、矯正歯科、審美歯科は倍率が高い。そこで学生時代の成績が物を言うことになる。成績上位の者から研修医に採用され、落ちた者は定員に足りていない診療科に配属されるのだ。

愛子は、悠美の隣に座る十和田に視線を移した。

「Total Parenteral Nutrition 略してＴＰＮ、中心静脈栄養のこと。口から食べられないと、上腕に針を刺して点滴をするでしょ。それは抹消点滴ＰＰＮと呼ばれるものだけど、一九七〇年代に新たな手法としてＴＰＮが登場したの。それは鎖骨の下部にある中心静脈に、針ではなくてカテーテルを刺して留置する。そこから栄養補液を注入する方法よ」

「何でそんなややっこしい方法が流行《はや》ったんスかね。腕に針を刺す方が簡単なのに」

愛子は、あとは自分で調べなさい、と言わんがばかりに話を進めた。

「食事ができない患者に対して、機械的にＴＰＮにしてしまう時流に疑念を抱き、口から食べてもらいたいという思いで近藤先生はバルーンを試みた、が私の推理です」

それを聞いて、さっと、茜が手を挙げた。

「近藤先生はＴＰＮができなかった。そこでバルーンの発想が浮かんだ、とわたくし山内は推理します。医師は命を救うことが第一義で、しかもそれが全ての時代でしたから、口から食べてもらいたい、という考えはなかったと思います」

なるほど、と愛子は大きく頷いた。

「先輩はいかがでしょう？」愛子は桑野に訊いた。

「そんなこと、推理しなくちゃいけないのかよ」桑野は手を頭の後ろで組んだままだ。

「是非、先輩の推理をお聞かせください」

「尿道カテーテルだもんな。滅菌してあるから衛生的には問題ないにしても、尿道に使うものを、食道に使おうとは普通思わないさ。二日酔いで頭が痛くて、えいやー、ってなもんで、たまたま目に入ったカテーテルを使っちゃったんじゃないの⁉」

「なるほど、それはまさに先輩自身の実体験からくる推理ですね」

「ふん！」

部屋全体に笑いが起きた。

「摂食機能療法科の立場から、そうあってほしいという希望を持って、私は榊先生に一票です。二日酔いであってはなりません」と悠美が言った。

「僕は山内先生に一票です」と十和田が続いた。「ＴＰＮってなんだかわかりませんけど、難しそうですし、近藤先生は新しいことはできなかったんじゃないスかね。そこで苦し紛れにバルーンを使ったんじゃないスか。同じ苦し紛れでも、二日酔いでやらかしたら、まずいスよ」

「近藤先生の気概にかけて、私は榊先生に一票です。二日酔いの勢いでエイヤーは、よろしくありません」三人目の研修医の柏原《かしわばら》里《り》佳《か》子《こ》である。彼女は矯正歯科の研修を望むも、希望が叶わずに十和田同様、摂食機能療法科に配属された組だ。

「お前ら、いちいち俺の意見を引き合いに出すな」桑野は振り返って、後ろの三人を睨めつけた。三人は下を向いて笑っている。

　この診療検討会はマジかよ、と加藤は口が開けっ放しになった。近藤先生がなぜ食道アカラシアにバルーン拡張法を始めたかを当てっこするなんて、本気で議論することだろうか。どう見ても桑野先生の感覚がまともだ。

「加藤君はどう?」榊が訊いてきた。加藤は慌てて背筋を伸ばした。

「えっ、いや……その……じゃあ僕は、桑野先生の推理でいいです」

「何だよ、その言い方。どうでもいいみたいな……まあどうでもいいけどな」

「先輩、そんな投げやりな言い方はやめてください」愛子が桑野に向かって身を乗り出した。

「投げやりな言い方したのは加藤なんですけど」

「先輩が投げやりだから、加藤君までそうなっちゃうんです」

「そもそも誤嚥性肺炎にバルーン拡張法は関係ないし、それを始めた理由なんて」

　と桑野が言っている途中で、愛子は瀬田の方を向いた。

「教授は、どう思われますか?」愛子はどうやら全員に、意見を出させたいらしい。

無視かよー、と言っている桑野以外、一斉に視線が瀬田の背中に集まった。瀬田はスクリーンを見つめている。

「教授、今の私の話を聞いてくださっていましたか？　まさか開眼《かいがん》しながら眠っていらしたわけじゃありませんよね」

榊先生ったら教授にそこまで言うかな、と加藤は鼻息が荒くなった。

「目を開きながら眠ることができたら、日頃の会議は睡魔と格闘しなくて済む。白内障の場合、視覚情報が明暗レベルでしか入力されなくなると、開眼したまま眠ることも可能になるそうだ」

「教授、そんなことをお尋ねしているわけではないです」

うん、うん、と瀬田は、赤べこのように首を縦に振った。

「僕の意見としては、朝の診療検討会は、毎週じゃなくて隔週にした方が良いと思うんだ」

愛子はガクッと頭を垂れた。

やったー、素晴らしい。是非そうすべきよ、と茜は思わず手を叩いた。

「こんなに盛り上がっているのに、隔週にしてしまうのは惜しいです。今まで通りに毎週でお願いします」悠美がすかさず言った。

何を言っているの、あいつ！　せっかく教授が隔週でよいと言ってくださっているのに。

「もう明石のやつ、後でいじめてやろ」茜が呟いた。

「やめとけって」加藤が肘で茜を突いた。二人は隣に座るたびに、何度、小突いたり小突かれたりしていることだろう。

「それではこの正解は、いずれ近藤先生本人から聞き出そうと思います。時間をいただきたいので、次回の検討会は、教授のご意向に沿って二週間後にいたします」

スクリーンの明かりが消え、皆立ち上がった。

「二週間後ってお前さあ、誤嚥性肺炎と食道癌の関連を何とかしろよー」

と桑野の声だけが部屋に残った。

（3の1）春の入院　四月

御茶ノ水聖橋《ひじりばし》から神田川を見下ろすと、ソメイヨシノの散らす花筏《はないかだ》が、川面全体を覆うように流れている。ほとりに咲く満開の桜も、また散りゆく花であることを知らされる。散ったわけでも咲いたわけでもない。芽がでたばかりの人知れない医療集団が、今日も活動を始めた。

瀬田裕平は、榊愛子と十和田幸太朗と共に、北斗大学医科病院の最上階である十二階病棟に出向いた。このフロアーは全室個室で、落ち着いた雰囲気の中、南側の窓からは東京タワーを臨む。今の季節は、薄い緑を基調にライトアップされる。タワーを眺めながら、意気高揚とする患者もいることだろう。

近藤喜一は、誤嚥性肺炎で昨日から入院していた。

「なんで僕が歯医者に、かからなくてはならんのだ」

喜一は、ベッドの横に立つ消化器内科教授の神林信男に言った。神林の後ろには、瀬田たち三名が立っている。

「歯科とはいえ、こちらの瀬田先生は摂食機能療法科という診療科なんです」

「なんだね、それは？」

「以前、重症誤嚥性肺炎患者が、瀬田先生のチームにかかって、胃瘻《いろう》を離脱して食事を再開させた例があるんですよ」

「むし歯の治療をしたら、誤嚥性肺炎が治るとでもいうのか」

それを聞いて瀬田が前に出た。「むし歯の治療もしますが、自分たちは口から食べるためのリハビリテーションをします。一般的なリハビリテーションの手技を、口や咽《のど》に応用するのです」

「ようわからんな。そもそもリハビリなんて医者のやる仕事ではないだろ。それを歯医者の君が請け負うわけか」

「そう解釈されて結構です」

「ふん……歯医者なんだから、むし歯の治療だけしていればいいものを、ご苦労なことだ。セッシヨク？」

「摂食機能療法科です。歯学部病院に二年前に新設された診療科です」瀬田が応えた。

「僕がそんな試運転しているような診療科に乗せられるというわけか」

「試運転だなんて、とんでもないです」神林が割って入った。「医科歯科連携するようにと厚労省から通達されていながらも連携されていない状況で、今回はまさに先駆的なモデルケースですよ」「医科歯科連携なんて僕たち医者には、興味はないし必要性も感じちゃいない。勝手に歯科側が叫んで、厚労省に耳障りのいいことを吹聴《ふいちょう》しているだけのことだ」

まあそんなことおっしゃらずに、と神林は言うと、瀬田に体を向けた。「それでは、瀬田先生、あとはよろしくお願いします」ご厄介かけます、という風に言い残して、部屋を出て行った。

喜一は、瀬田の後ろに立つ愛子を見た。

「君もセッショクとやらをするのか」

「はい、まだ見習いの身です。榊愛子と申します。よろしくお願いいたします」

愛子は、神林がいなくなったスペースをすっと埋めた。

「診療科の試運転に乗せられ、挙句に見習い歯医者のモルモットにされるわけだ。誤嚥性肺炎になると大変だ」

「私、研究でモルモットを扱うのは日々熟練しておりますし、それも手厚くいたしますので、ご心配なさらないでください」

次の瞬間、喜一は、むせこみながら天井を向いて大笑いをした。

矛先を向けられてはたまらないと、十和田は愛子の背中に隠れるようにした。

喜一への顔合わせを終えて、三人は医科病院と歯科病院を繋ぐ連絡通路を歩いていた。両病院は連絡通路を挟んで隣立しているとはいえ、学生教育の段階から接点を持たず、医師法と歯科医師法が両者を別のくくりとして扱っており、実際には協働する場面などない。したがってこの連絡通路に立つのは、モップをかける清掃業者くらいである。

瀬田から距離を置いて歩く十和田が、大きくため息をついて、愛子の背中に向かって何かボソボソと言っている。

「どうしたの？」愛子は歩みを止めて振り返った。

「摂食機能療法科にいるばっかりにあんな言い方されて、たまったもんじゃないスよ」

「あんな言い方って？」

「試運転だ、見習い歯医者のモルモットだとか……」

「十和田君は別に何も言われてないじゃない。言われたのは、私よ。それとも私が言われたことに心痛めてくださっているわけ？」

「そんなんじゃないス」十和田は脱力したように連絡通路の窓の外を見やった。通路の下は公道で、両脇には銀杏並木が整然と並び、新しい緑葉に覆われている。

「僕、審美やりたいんスよ。南青山の実家の診療所で、将来、全面的に審美歯科を売り出したいと思っているんです。芸能関係者も来ますし」

愛子も視線を外に向けた。

「審美歯科の研修医にはなれませんでしたけど、研修医を終えたら来年は是が非でも審美歯科の医員になります。早く一年が経って欲しいス」

十和田は、そう言って首筋にかかる髪を後ろに払った。髪は愛子よりも長い。

「なんで榊先生は、摂食の大学院なんかに入ったんですか？」

「なんか、って……まあ、なんか、だけどね」

「ああ、すいません」

「構わないわ。なんか、とか言われるような扱いは、先ほど見れば分かるだろうけど、慣れているから」

「慣れちゃったんスね」

愛子は肯き、銀杏並木に向かって微笑んだ。

「診療所で一年間研修医をしたら、この先、歯科医療をズーッとしなくちゃならないんだと思って愕然としたわ」

研修医は、大学病院で研修をする場合と、開業医や地域の病院で研修をする場合と、ふた通りがある。愛子は、開業医の診療所で研修をするコースだった。

「それって当たり前じゃないスか。歯科医療をズーッとするために、歯科医師になったんスから」

十和田は、あきれている。

愛子は、確かにそうなんだけど、と言って空に向かって顔をあげた。

「医療は国から守られている職業よね。値段交渉しなくたって、国が定めた医療費を患者さんから受け取ることができる。経済的には安定した生活が送れると思う。その代わり国が定めたレールの上を絶対に脱線してはならないし、脇道に逸れてもダメ。規定速度より速くても遅くてもいけないのよ。卒業したてのドクターがする治療も、十年のキャリアを積んだドクターがする治療も、診療報酬は一律。格差があってはならない。個性など許されない」

「それで愕然としたわけですか？」

愛子は、軽く肯いた。

「研修医を修了する時、瀬田裕平という人が、摂食機能療法学講座を開設するということを、桑野先生から聞かされた。瀬田先生のことは、新潟から来るらしいということ以外は知らないし、摂食ってなにをするの？　と思ったわ」

「それは僕も同じです」

「だから、それって面白そうだと思ったの」

「摂食の何が面白そうだと思ったんスか？」

「学生時代から聞いたことも見たこともない、そうした過去にないことに……よ」

「へー、そんなのが摂食の大学院に入った動機ですか？」

「なんか、の後は、そんなの……ね」

「後悔してません？」

「もちろんしてるわよ」

「でしょうね」

「摂食機能療法学講座に出会わなかったら、私、歯科医師はしていなかった……たぶん」

「どういうことですか?」

「後悔先に立たず。今更、十和田君に話しても仕方がない」愛子は空から目を移して、十和田を見た。「でもこれだけは言えるかな。今、毎日が夢中になってる。後悔していることも忘れるくらいにね」

「夢中……ですか?」

「さあ行きましょ。このあと外来診療よ。歯内療法の用意をしておいてね」

すでに瀬田の姿はない。愛子は歩き始めた。

「えっ、歯内療法なんてするんですか?」十和田は慌《あわ》て後を追う。

「いちいち、なんか、そんな、なんて、って付けるのやめてくれる⁉ 摂食機能療法関係で付けるのは分かるけど、歯内療法はあなたも学生時代に習った昔からある歯科治療でしょ!」

「摂食機能療法科が一般歯科治療をするなんて……いや……するとは思わなかったです」

「健康な人にだってむし歯や歯周病はあるのよ。摂食機能障害の患者さんにそれが無いわけが無いでしょ。歯科医師なんだから、むし歯の治療はして当然。これから当然のことをしに行くだけよ」

十和田は、もつれそうな足を正して愛子の後を追った。

その日から一週間後に喜一は退院した。退院する日の朝、病室に愛子と十和田が出向いた。

「世話になったね」

近藤は、ベージュのジャケットを着てベッドの向かいにあるソファに腰掛けていた。家族が迎えに来るのを待っている。

「誤嚥性肺炎が治ったのは、点滴による抗生剤のお陰だが、食事ができるようになったのは、君たちのお陰だ。誤嚥性肺炎の診断がされた時点で、食事はストップさせられるはずのところを、君たちが嚥下の診断をしてくれたおかげで、食事を続けることができた」

「近藤先生の誤嚥性肺炎は、食物の誤嚥ではなく、唾液の誤嚥だと判断しました。その場合には、食事をストップしてしまいますと、唾液循環の自浄作用が無くなり、かえって口腔や咽頭《いんとう》の細菌叢《さいきんそう》が繁殖してしまいます。結果的に細菌吸引による誤嚥性肺炎は繰り返され、熱が下がらない状態が長期になる場合があります。そこで瀬田教授は、近藤先生の食事開始を、神林先生に進言されたのです」

喜一は、ゆっくりと頷いた。「神林君ときたら、毎日医局員を引き連れてくるはいいが、どうですか、の一言で帰っちまう」

「それって近藤先生も現役の頃、してきたことじゃないですか?」

ハハハと声を出して近藤は笑った。「確かにそうだ。榊愛子君といったかな、君は最初から臆することないね」

「とんでもございません。近藤先生を初めてこのお部屋でお見受けした時には、私は瀬田教授の背中に隠れていましたから」

「隠れていたのは、そこの君だろ」喜一はドアの前に立っている十和田を顎で指した。

「いや……そんな……ことはないです」バツが悪そうに十和田は髪を後ろにかきあげた。

「なんだ君は、口がきけるじゃないか。榊君に付いて来たはいいが、一言も発せず、やる気の無さが見え見えだったよ」

「いや……そんなことは……」

「歯科医師なんだから、こんな面倒くさい摂食機能療法なんぞする気は起きなくて当然だ。歯科医師らしく、むし歯の治療をすればいいんだ。研修医なんだろ？　摂食機能療法科に配属されたのは、君には気の毒だったな」

「あ……はい……いや」

　喜一は、笑いながらジャケットのボタンをかけた。

「君たちは、こんな老いぼれ頑固爺さんのところに、毎日来てくれた。自分の口の中が、むし歯だらけだとは知らなかった。毎日連絡通路を車椅子に乗せられ、君たちに押されて行ったり来たりすることになろうとは思わなかった。それに、むし歯治療だけでなく、口や咽のリハビリテーションまでさせられるとは驚いたよ」喜一は、顔を上げてジッと愛子を見た。

「榊君は内視鏡を使えていたね」

「はい」

「輪状咽頭筋《りんじょういんとうきん》の狭窄《きょうさく》のために、食事が通らない患者に遭遇《そうぐう》することがあるだろう？」

輪状咽頭筋は、喉と食道の境目となる括約筋である。食道の入り口にあたるので、上部食道括約筋とも呼ばれ、それの拘縮のために入り口が十分に開かず、食物の通過障害を起こすことがある。

「そんな時は、輪状咽頭筋切断術に踏み切る前に、内視鏡を使って位置関係を確認しながらバルーンで広げる方法をとるんだ。食道入口部《にゅうこうぶ》バルーン拡張法だ」

「バルーン拡張法？」愛子は腰を少しかがめた。

「僕は、現役だった時、食道アカラシアにバルーンを使ったんだ。食道アカラシアは、食道末端と胃の接合部の下部食道括約筋の狭窄だ。榊君は歯科医師だから、上部食道括約筋の狭窄にバルーンを使ってみたらどうかね？」

「食道癌術後の患者さんに、食道入口部が開かなくて、通過障害を起こしている方が、けっこういらっしゃいます」

「うん、そういう例には有効かもしれない。やってみなさい」

はい、と愛子が笑顔で返事をした。

少し間があって、喜一は、微笑んだ。

「榊君、君は白衣が似合っていない」

えっ、と愛子は思わず声にした。「私、この格好はダメですか?」

「ドクターらしくない、ということだよ。らしくない、というぎこちなさはとても大事だ。今の仕事にどっぷり浸らず、その都度、新鮮に取り組んでいる証拠だからね」

はあ、と愛子は気の抜けた返事をした。

「そういえば瀬田君も、らしくないな。教授らしくない」と言って喜一は、窓の外に視線を移し、フッと微笑んだ。

ノックの音がして部屋の扉が開いた。

「お父様、お迎えに参りました」

娘の紗栄子が、笑顔で部屋に入ってきた。


愛子と十和田は、喜一の退院を見送ってから、その報告に瀬田の教授室へ行った。

「今度、近藤先生が入院してきたときは、榊君が最初から担当するんだよ」瀬田が、椅子を愛子の方に回転させた。

「えっ、近藤先生はまた入院してくるんですか?」愛子の隣に立つ十和田が言った。

「かしこまりました」愛子は頷いてから、チラッと横を向いた。「その時は、十和田君もよろしくね」

えーっ、と思わず十和田は声にした。

「僕、あの人、苦手なんスよ」

「苦手にすることはないでしょ。近藤先生は、十和田君の今の心境を、わかってくださっているじゃない。あなたの良き理解者のはずよ」

「勘弁してください」

十和田は、両手で後ろ髪をかき上げた。

（3の2）再入院の八月

医科病院と歯科病院の連絡通路は空調がないので、夏は日照りにさらされて、細長いドーム型のサウナのようだ。

前を行く愛子が往診用のバッグを持ち、内視鏡ケースを持った十和田が続いている。

「瀬田教授のおっしゃった通りに、近藤先生は再入院しましたね。榊先生も、それって予想していたんスか？」

「四月に入院した時の嚥下内視鏡画像を覚えてる？」愛子が振り返ることなく、逆に訊いた。

「ええ、覚えています。唾液が咽頭部に泡状になって溜まっていました」

「その状態というのは、食物を誤嚥というよりも、自分の唾液を誤嚥している可能性の方が高いのよ。前回、退院時点で、それが解消されていたわけじゃないから、いずれまた誤嚥性肺炎を発症することは予想されていたわ」

「なるほど」

足早に連絡通路を渡りきってから、二人は歩調を緩め、職員用のエレベーターホールに立った。目指すは、今回も十二階のＶＩＰフロアーだ。


愛子が、内視鏡のセンサーを喜一の鼻腔から取り出した。

「この内視鏡なるものは気持ちのいいもんじゃないな」

最初に着色水を飲み、次にゼリー、さらに白飯を食べたときの、嚥下機能の診察を、今、終えた。

「また、榊愛子君にお世話になるな」リクライニングになったベッド上の喜一は、四月よりも少し痩せた感じだ。

「名前を覚えていてくださって光栄です」愛子は、会釈をした。次に目に力を込めて言った。「頭《とう》部挙上《ぶきょじょう》訓練は、あれからなさっていましたか？」

「仰向けになりながら頭を上げて、つま先を見るという訓練だろ？」

仰向けになって頭を上げると、頭の重さがダンベル代わりになって、喉仏《のどぼとけ》周囲の筋肉に負荷がかかり、咽の筋力を上げる訓練になる。嚥下するときに喉仏《のどぼとけ》が上下動する際に、パワーとスピードがついて、誤嚥のリスクを減らすことになるのだ。

「四月に入院した時に、榊君に盛んに訓練させられたが、自宅に戻ったらそれっきりだ。だいたい誤嚥性肺炎を、咽の機能の問題と考えること自体が問題だ。誤嚥性肺炎は咽ではない、脳の病気だ。いや、脳の老化だな」

「脳の老化ですか？」

「そうだ。歳をとって脳の老化からくる神経のゆがみだ。咽の動きや感覚、反射は低下して当然のこと。誤嚥性肺炎は、いよいよお迎えが来た証拠だ。このまま放っておけば良いのに、娘が救急車なんぞ呼んでしまったばかりに、こんな醜態《しゅうたい》をさらけ出している」

喜一は、頭を窓の方に向けた。東京タワーが、視野に入っていることだろう。金曜と土曜の夜には、月ごとに色変わりするライトがタワーを輝かせる。今宵は、夏に涼を求めて水色基調にライトアップするはずだ。

愛子は、近藤先生、と声をかけた。

「前回、先生が入院された時に、ご指導いただいた食道入口部バルーン拡張法を、私、あれから実践しています」

「バルーン拡張法？」

喜一はゆっくりと首をこちらに回した。はい、と言って愛子は微笑んでいる。

「僕、その時、榊先生に付いて見ていました」内視鏡をケースにしまっていた十和田が、立ち上がった。

「食道癌術後で、食道入口部の開大不全《かいだいふぜん》の患者さんでした。榊先生は、口腔から挿入したバルーンカテーテルが食道入口部を過ぎたことを内視鏡で確認すると、シリンジでカテーテルに空気を入れてバルーンを膨らませたんです。それをゆっくり引き抜きました。引き抜いたらバルーンの空気を抜いて、また食道入口部までチューブを挿入してバルーンを膨らませ、引き抜きました。それを繰り返したんです。そして食事をしたら、一口食べるのに何回も嚥下を繰り返さないと通らなかったのが、二回嚥下するだけで通過するようになったんです」

「ほう、榊君がバルーン拡張法をしたのかい」と喜一は愛子を見た。

愛子は、ゆっくりと肯いた。「ご家族も喜んでいらっしゃいました」

「そうか。喜んでいたか」

喜一は天井を見て大きく息を吸い込んだかと思うと、声を出して笑った。

そこへ、病棟師長の井上早多恵《いのうえさたえ》が入ってきた。

「あら、近藤先生、随分とご機嫌ですね。榊先生にお会いできて嬉しいんでしょう?」

「何、言っとるんだ」

「今回の入院は、神林先生がおっしゃる前に、近藤先生みずから、摂食の診療科をお願いすると、希望されましたからね」

「余計なことを言わんでよろしい」喜一は、苦笑いだ。

井上は、空になった点滴パックをチューブから取り外しにかかった。「近藤先生が現役の頃は、笑顔なんて見せたことがなかったんですよ」

「師長は、近藤先生が現役でいらした頃をご存知なんですか？」

「よく存じ上げていますよ」井上は、愛子に向かって含み笑いをしながら手を止めた。「私が看護大学を卒業して、最初に配属されたのが、ここの消化器内科だったんです。その頃、病棟回診で近藤先生はナースステーションにいらして、必ず看護記録に目を通しました。看護記録に、食事についての記載がなくて、強く注意されたのを覚えています」

「食事の記載ですか？」

「ええ、何をどれだけ食べたのか、摂取カロリーの記載です。その患者さんは食道アカラシアで食事が通らなかったので、手術に踏み切るかどうかの瀬戸際でした」

「その患者さんにバルーン拡張法をなさったんですか？」愛子は喜一の方を向いた。

喜一は、うん、と言ってから一つ咳をした。「その患者が、バルーン拡張法の第一号だった」

「それでその患者さんは、食事が通るようになったんですね？」

喜一は、愛子の声が聞こえないのか、表情を変えず返事をしない。

「食事は通るようになりましたよ」代わりに井上が答えた。

「その患者さんに始まって、近藤先生は、バルーン拡張法を普及させていくわけですね？」

喜一は、愛子の言葉にやはり答えない。

愛子の笑顔だけが、その雰囲気の中に浮き立っている。

沈黙の後だった。

「一週間後に、その患者は亡くなった」喜一が言った。

「えっ」それまでの愛子の笑顔が一瞬に消えた。

「バルーンの効果は、一時的だった」

「一時的……ですか」愛子は下唇を噛んだ。

十和田は、普段物事に動じない愛子が、笑顔から驚きの顔になり、次には落胆に変幻する仕草に目を見張った。

「近藤先生」愛子が、膝を折って、ベッド脇にかがんだ。「食道アカラシアの原因は何なのですか？」

不意を突かれて、喜一は目を見張ったが、すぐに元の顔に戻した。

「原因か……食道癌の前癌状態だとか、脳卒中の後遺症だとか、ストレス性のものだとか言われている。しかし、どれも確定できない。なぜ特異的に食道と胃の接合部にだけ拘縮が起きるのか、いくら神経を探っても説明がつかないんだ」

「食道アカラシアの文献を色々と読んだのですが、はっきりと原因やメカニズムが載っているものはありませんでした。近藤先生がわからないのでは、私たちがわからなくても仕方がないですね」

喜一は、フッと笑みをこぼした。

「しかし、不思議なんだよ」

「何がですか？」

「何を食べても、通過障害を起こして嘔吐《おうと》するのに、ビールだけは嘔吐しない食道アカラシアの患者がいたんだ」

「それって近藤先生が食道アカラシアになったら、そうなりますすみたいな人ですね」井上が横から入った。

「近藤先生は、お酒が好きなんですか?」

「嗜《たしな》む程度だよ」

とんでもない、と井上がすかさず言った。「嗜むなんてもんじゃないですよ。特に黒ビールは底無しでした。食事はほとんど口になさらず、ビールだけをひたすら飲んでいらっしゃいましたね。若手の先生達もついていけませんでした」

へえー、と愛子と十和田が声にした。

「そんな勢いも六十までだ」喜一は、天井に視線を移して、一つ息を大きく吐いた。

「六十歳までにやりたいことはやり終えたよ。やり終えたというよりも、自分の持つ天分を使い尽くしたというところだ」

「天分……近藤先生は、六十歳までに天分をやりきったんですか?」

「天分どころか、それ以上のことをさせてもらった。もともと、医者への志が高かったわけではない上に、大した能力のない人間が、教授になって先生呼ばれされてきた。先生と言われるほど馬鹿でなし……だ。この後に及んで、君たちに先生と呼ばれて、こそばゆいよ」

ここで喜一はむせ始めた。

「榊先生の前だからって、そんなに張り切らないでくださいね」井上は空《から》の点滴パックを手にした。

「その辺《あた》りは、またお話を伺いに参ります」愛子は立ち上がって、往診用のバッグを持った。「肝心なことを言い忘れるところでした。嚥下機能の検査結果は、泡状の唾液が咽頭部に溜まっていますが、お食事は誤嚥なく通過しています。まだ熱が下がっていませんので、高カロリーの輸液を継続して、熱が下がったら食事開始とさせていただきます。その旨は、神林教授にお伝えいたします」

咳が止んで、フーっと喜一は大きく息を吐いた。

「前に、神林君が言っていた医科歯科連携というやつか。でもこんな連携を誰がイメージしているのかね。世間じゃ、歯科治療をしていて具合が悪くなった患者に、救急搬送して医者が処置をする程度のイメージしか持たれてないだろうにな。榊君たちのしていることは、この現場に立たなくては理解ができんだろう。医科歯科連携を本気でする気なら、法律を変えて医学部の中に歯科を作ってしまえば済む話だ」

「はい、はい。それではこの辺で」井上が、諌《いさ》めた。

「明日、口腔ケアと摂食リハビリに参ります」愛子が、会釈をした。

「ああ、よろしく」喜一はこちらを向いている。

よろしく、だなんて言ってくれるんだ、と十和田は思いながら、内視鏡の入った携帯バッグを持った。

扉のところで、もう一つだけ、と愛子は言って立ち止まり、振り返った。

「私、白衣、似合っていませんか?」

それを聞いて喜一が、愛子の足元から頭に向かって目を移した。

「相変わらず、らしくないな」

「ありがとうございます」愛子が先ほどよりも深く会釈をした。

十和田は、愛子の顔を見ながら、首を傾げた。


井上も二人と一緒に病室を出た。

廊下を歩きながら井上が愛子の方を向いた。

「初めてバルーン拡張法をした患者さんの臨終を告げたとき、近藤先生は目をつむって眉毛を拭ったんです。鬼の目にも涙ってこういうことだなって思ったんですけど」

「最初でしたから、思い入れが深かったんでしょうね」

「その方の弟さんがご遺体を引き取りにいらして、お見送りをしたあと、近藤先生がおっしゃったんです。いずれ僕が患者になってここに戻ってくるようなことがあったら、口うるさかった教授が、こんなになってしまったことを若い人間に伝えてくれ。老いぼれたところを見せるのが、人生最後の務めだからって」

「最後の務め……ですか」愛子は目を伏せた。

ナースステーションの前で立ち止まると、井上がクスッと笑った。「榊先生が来るのを、近藤先生は待っていますから、明日もお願いしますね」

はい、と愛子は顔を上げて返事をした。


連絡通路に入ると十和田が言った。「近藤先生は、前回よりも丸くなりましたね」

「背中のこと？」

「違いますよ。雰囲気というか、なんというか……」

「あら、身体的よりも、内面的な所見に注目しているなんて面白いじゃない」

「そっちの方が、気になっちゃって」

「そうよね。摂食機能療法科ナンカで研修しなければ、コンナ気遣いは必要なかったものね」

十和田は、いやーそんなことは、と言いながら思わず髪をかきあげた。

二人は、暑さでムッとする通路を抜けていった。

（4）仕方がない

なぜ近藤喜一が、バルーン拡張法を発案し実施に至ったのか、それぞれの考えを述べたところで終了となった朝の診療検討会。

診療の始まる九時には、あと三十分ある。

瀬田裕平、桑野修一と榊愛子の三名がそれぞれ担当する患者のいずれかに、加藤英明、山内茜、それと研修医の三名が付いて指導を受ける。診療が始まるまでに、今日の診療アポイントを見ながら、誰がどの指導医に付くかを決める。外来診療の他に入院患者の病棟診療、そして院外への往診と、その日、その時間によって、ドクター毎にまちまちである。

愛子は、九時からの外来診療の前に、喜一の病室に出向いた。

「おはようございます。今朝のお加減はいかがですか？」

喜一は、過去二回の入院時と比べると、頬骨が浮き出て、痩せた感じがさらに強くなっていた。ベッドの背を三〇度ほど起こしてリクライニングになりながら、愛子へ顔だけゆっくりと向けた。

「君のところの教授、何て言ったったっけな？」

「瀬田です。瀬田裕平です」

「ああ、瀬田君ね。話があるんだ。来るように伝えてもらえるかね」喜一の話し方は、穏やかだ。

「かしこまりました。午前中は外来診療が入っていますから、それが済んでからでよろしいですか？」

「なるべく早く頼む。瀬田君だけで来るように」

喜一は、そう返事をしたが、声を出したことが刺激になって咳を始めた。愛子は、喜一の背中に手をあてがった。

咳は、しっかりと吐き出すほどの力を感じさせない。

「こんなに、咳ばかりしていたんじゃダメだね。食べられそうにない」

と言った喜一の左腕には、点滴が刺さっている。

「何か召し上がりたい物はありますか？」咳が治まったところで訊いた。

「食べたいと思うものはない。もともと食は細いほうだったから。それに、食べてもすぐにムセるしな」

「ゼリーはどうでしょう。飲み込みやすいと思います」

「ゼリーか、それって甘いんだろ。甘いのは好かんな」

「近藤先生は、ビールが好きでいらしたから、塩辛い味付けのほうが好まれるんでしょうね」喜一の背中をさすった。

「南青山においしい四川料理屋がある。コウシェイジイのムネ肉を、ニンニク醤油で下味をつけて、唐揚げにしてから黒酢あんかけに絡めたやつが絶品なんだ」

「コウシェイ……？」

「口の水の鶏と書いてコウシェイジイと発音する。口水はヨダレのことだ。ヨダレ鶏と呼ばれている。ヨダレを流すくらいおいしいから、そう名付けられた」

「ワー、聞いただけでもおいしそう」

「普通はそれを茹《ゆ》でてピリ辛ソースをかけて食べるんだが、そこの店は唐揚げにするんだ。それが何たって、黒ビールに合う。榊君はビールは飲めるのかい？」

「大好きです」

喜一は愛子から視線を外し、頭を回転させた。窓際のテーブルには、家族の写ったフォトフレームが置かれている。

「よし、退院したら君をそこに招待するよ」

「本当ですか⁉」

「おいおい、痛いよ」

「あっ、すみません」愛子は背中に当てた手の力を緩めた。「それ、本気で楽しみにしていますからね」

「ああ、楽しみにしていなさい」

さきほどナースステーションで喜一の状態を聞いたところ、平熱に戻ったとのこと。背中に当てた手の感触からも、熱が下がったことは確認できた。唾液を咽に絡ませているらしく、咳を頻発《ひんぱつ》しているが、ひとまず峠は乗り切ったようだ。


瀬田が午前中の診療を済ませたのは、十二時を大きく過ぎていた。

愛子から伝言を受け、瀬田は喜一の病室に向かった。午後は一時出発の訪問診療が控えている。

それまでには戻ってこなくてはならない。

一階にある摂食機能療法科診療室の裏扉を出たところの職員専用エレベーターに乗ろうとしたが、行ってしまったばかりだったので、横の非常用階段を昇って四階まで駆け上がった。

四階の扉を開き、出て右、突き当りを左折、長い廊下を直進する。廊下には赤絨毯が敷かれ、照明は一般フロアーの昼白色でなしに、淡い橙色の柔らかい光を放っている。ここは、審美歯科、インプラント診療科、歯科矯正科という保険外診療の特殊診療科のフロアーである。

直進した先には、左手に審美歯科の受付があり、患者がゆったりとしたソファに腰掛け、自分の診療の順番を待っている。瀬田はその光景をチラッと見ただけにして、右手に足を運び、患者用トイレの前に出た。ここで人の影は途切れる。

そのまま南方向に進むと、ガランとした踊り場があり、その正面奥が歯科病院と医科病院を繋ぐ連絡通路だ。瀬田は、そこで歩調を緩めた。

連絡通路は、公道の上を通っているので両側に遮《さえぎ》る建物はない。等間隔に並んだ木彫の枠に囲まれた窓を通して日当たりが良い。この窓枠に、趣向が凝らされているのは、公道を行き交う人の目にさらされるからだろうか。通路は冷暖房がきいていないが、この季節は陽光が保温され、居心地が良い。

瀬田は立ち止まり、窓の外を眺めて呼吸を整えた。公道の両脇の歩道は、落ちたばかりの金色した銀杏の葉で覆われている。いつの間に散ったのかな、と感慨にふけり、再び歩を進めた。

医科病院のエレベーターに乗り、十二階に上がった。ナースステーションの前で、摂食の瀬田です、と声をかけた。看護師長の井上早多恵が瀬田の顔を見ると、あっ、と言って、他の看護師の合間を縫うようにステーションから出てきた。

「さきほどから近藤先生が、瀬田君を呼んでくれと盛んにおっしゃっています。お伝えしたいことがあれば私の方から伝言しておきますよ、と申し上げたのですが、僕が直に話すから結構だって。よほど重要なことなんでしょうね」

「重要なこと……」

「深刻な顔をしておられました。まるで、厳しかった現役の頃を思い起こさせます。瀬田先生には何事もないといいんですけどね」井上は、半分冷やかしのような雰囲気になっている。

「こっぴどく叱責された時には、師長に泣きつきますから、その時にはよろしくお願いします」

「任せてください。その点は、免疫がしっかりついていますから」

それは心強いです、と笑顔で返し、一番奥にある病室に向かった。

扉を軽くノックした。

病室に入ると、喜一はベッドから、オー、と声をだして頭を上げた。鼻には酸素吸入のためのカニューレが装着されている。

「やっとお出ましか。待ちくたびれたよ」喜一はそう言うと、すぐに神妙な顔になった。

「おりいって君に相談がある」

「なんでしょう」

「もうちょっと耳を近づけてくれ。人に聞かれてはまずい」

瀬田は、腰をかがめて喜一の顔に耳を寄せた。

「ビールを買ってきてもらいたい。もちろん、ビールを飲むのは僕だ」

瀬田は、無表情で喜一を見た。

「ビールですか?」

「そうだ、ビールだ」喜一の表情も崩れていない。「ノンアルコールなんて駄目だよ。本物のビールだ。キンキンに冷えているやつをグッといきたいんだ。恵比寿の黒ビールにしてもらいたい。それも缶ではなく、瓶だ。瓶でお願いしたい」

「恵比寿の黒ビールの瓶ですか……」

「キンキンに冷えているんだ。キンキンを忘れないでくれ」

「キンキン……」

「そうだ。キンキンだ」喜一の目は真剣そのものだ。

その途端、喜一の教えを語る神林教授の姿が、瀬田の前を走馬灯のように過ぎた。

メスは使わないが、手術か投薬か、あるいは放射線療法かを決めるのは内科医である。だから内科医である以上、全ての疾患について診断ができなければならない。特定の専門疾患の内科医では、内科医の意味がないという。

診療科が細分化されてしまったのは、学問や教育の都合であって、患者にはどうでも良いことだ。同じ医者でも専門外のこととなると、盲目状態になるのは、診療体系が細分化された弊害だ。脳、心臓、関節など、全身の全てを手術できるなんて不可能だから、専門性は、外科の手術テクニックとして必要であっても、内科医は総合医としての役割を果たさなくてはならない、と説いた。

しかし、残念ながら、医学界ではとかく専門性が重視され、総合性については評価が低い。若い医師は、専門性を身につけようと躍起になり、専門性が自分の武器になると思いがちだ。内科医の総合性の上に、外科医の専門性が必要になる。内科医を目指すなら、まず総合性を身につけよ。そのように繰り返し医局員に話されたそうだ。

瀬田は、視線を窓に移した。

レースのカーテンの左右合わさる隙間から東京タワーが覗いている。瀬田は、キンキン、キンキンと呟いた。

愛子の報告によると、今の喜一は、唾液だけでなく、飲んだ水も喉に貯留した状態で通過障害を起こしている。貯留したものは気管に流入しやすい。誤嚥を惹き起こせば肺炎を増長し、取り返しのつかないことになるかもしれない。

瀬田君、と喜一が天井を向いたまま言った。その場の空気をピリッとさせた。

「僕は、生きたいんじゃない。ビールが飲みたいんだ」

カーテンが揺れた。隙間が開き、いきなり東京タワーが浮きだって見えた。

瀬田は、頷いた。「かしこまりました」

喜一は少し腰を上げて、瀬田のほうに体ごと向けた。

「そんなことできるわけがない、と言われるかと思ったけどな」

「たしかにここは病院ですからね。そんなことは出来るわけがない、と言わなくてはいけませんでした。うっかりしていました」

「なんとかできるかね？」

「なんとかします」

「よろしく頼むよ。内密にね」

「もちろん、内密です」

「内科でなしに、内密科となってくれ」喜一の顔が少し緩んだ。

窓際のテーブルに置かれた写真が、瀬田の目に入った。中央に喜一が座り、赤い丸テーブルに乗ったご馳走を前に、乾杯のポーズをしている。隣にはおそらく奥さんだろう。奥さんに先立たれていることも愛子からの報告にあった。娘、孫たちが立って二人を囲んでいる。喜一以外は、どれも女性だ。近藤家は女系らしい。


瀬田は、病室を出た。

ナースステーションの前で井上看護師長に向かって、軽く会釈をした。彼女は、ナースステーシヨンから出てきた。

「近藤先生は、明日、モニタリングルームに転室になります」

　モニタリングルームは、廊下を挟んでナースステーションの向かいだ。扉の上半分がガラス窓なので内部を監視しやすく、緊急事態になればすぐに看護師が駆けつけられるよう配置されている。

「症状は落ち着いていますが、レントゲンの所見から無気肺の状態になっていて、今回は厳しいようです」

「無気肺というのは、肺が真っ白に写る状態ですよね」

「ええ。繰り返されてきた肺炎の影響が大きいようで、神林教授からは、血中酸素のモニターを注視するよう言われています」

「そうですか。転室は明日ですね？」瀬田は確認するように訊いた。

「ええ、明日の朝です」井上は、唇をキュッと締めて瀬田を下から見つめた。

「ありがとうございます」瀬田はエレベーターに向かった。数歩行ったところで振り返り、師長、とナースステーションに入りかけた井上を呼び止めた。

「今日の夕方、近藤先生のところへ摂食のリハビリに伺います」

　それを聞いて、井上が微笑んだ。「はい。夕方が良いと思います」

　瀬田が歯科病院への連絡通路に差し掛かると、通路中央で愛子が、白衣のポケットに手を入れて立っていた。

「どうしたんだ？　こんなところで」

「教授をお待ちしていたんです」

えっ、と瀬田は素《す》っ頓狂《とんきょう》な声を出した。

「嘘です」愛子は笑った。「誰も通りませんし、急き立てられる感じがなくて、この通路が好きなんです。ここから見る外の景色が額に収まった水彩画のようで、四季折々に変化していく感じが見て取れます」

そうか、と瀬田も愛子の横に立って外を見た。

「四月、八月、十二月と近藤先生を拝見してきましたが、その都度状態は厳しくなっているように見えます」

「そのようだ」

「今回は、無気肺の悪化を防ぐために、食事を摂るのは難しいと思います」

「仕方がない」

「近藤先生は、胃瘻も中心静脈栄養も拒否なさっています。食事ができなかったら退院もできません」

「できないな」

教授ときたらいかにも機械的。愛子は、瀬田を睨んだ。目を合わせた瀬田はビクッと、上体を後ろに反らせた。

「私、近藤先生と約束したんです」

「約束？」

愛子は肯いた。「退院したら、南青山のヨダレ鶏のお店に招待してくださるって」

「ヨダレドリ？」

さっきよりも大きく肯いた。「私、ヨダレ鶏をご馳走になりたいんです。ですから、今回も、近藤先生を退院させたいんです」

「ヨダレ鶏……食べたいだろうね」

「近藤先生に適当なことを言われて、榊はそれを本気にしているんだろう、って思っていらっしゃるんじゃないでしょうね」

うん、と思わず肯いた瀬田は、あわてて「いや、そんなことはない」と言い直した。

「ヨダレ鶏を食べながら近藤先生のお話を聞きたいんです」愛子の瞳が、瀬田を下から突き上げる。

「それって諦めなくてはいけませんか？」

「いや、その、つまり……違うと思うんだ」瀬田は、辛うじて言葉をつなぐ。

「何が違うんですか？」

「諦めると、仕方がないは、違うと思うんだ。諦めるというのは、思いを全て断つことだ。仕方がないは、受け入れることだ。近藤先生が、今、食事が摂れないことは仕方がない。仕方がないと受け入れた次には、また始まりがある。次にすべきことが必ずあるはずだ」

「次にすべきこと……」愛子は首を傾げた。

「近藤先生とヨダレ鶏の店に行くことを約束したんだろう?」

「はい」

「約束は、諦めるためにするもんじゃない」

なんかわかるような、わからないような、愛子はさらに首を傾げた。

「榊君!」急に瀬田が声を大きくした。「ヨダレ鶏の店って、病室のテーブルに置かれている写真の店かな?」

「ええ……そうだと思います。近藤先生はヨダレ鶏の話をなさった時に、その写真を見ていましたから」

「そうか、南青山だったな」

西に傾いた陽が二人の背中を照らし始めた。

「午後からの診療が始まる。さあ行こう」

瀬田は歯科病院の方へクルッと足を向け、走り始めた。

こういう時って、いつも教授はわけのわからないことを言って煙にまくんだから、と愛子は瀬田の背中を追った。

（5）冷圧刺激法《れいあっしげきほう》

「明石、あんた、内視鏡お願いね」

茜は、そう言うと、器材を詰めた訪問診療用のボストンバッグを肩にかけた。

「山内先生、私の名前は明石悠美です。アカシアンタじゃありません」

そこへ、瀬田がキャメル色のオールレザーバッグを肩に下げて、通用口に抜ける裏扉から診療室に入ってきた。瀬田は、口をモグモグさせている。午前中の診療が終わった後に、近藤先生の病室に呼ばれたらしい。おにぎりでもかじって、そのまま教授室から降りてきたのだろう。

「行くわよ」茜は、瀬田が口の中のものを、飲みこむのを見て悠美に言った。

午後一時ちょうどだ。向かうは、南青山の堀越和樹《ほりこしかずき》宅である。

茜も研修医のときには、希望する診療科の枠から外れて、止む無く摂食機能療法科に配属された身だった。最初に瀬田の訪問診療に同行した時には、なんでいちいち細かい器材を詰め込んで、挙句に肩が外れそうなくらいの重たいバッグを担いで歯科治療をしにいかなくてはならないのか、との不満でいっぱいだった。しかし、今、この講座の医員となり、こうして後輩を仕切るほどになっているとは、当の茜自身が全く想像のできなかったことだ。

三人は、千代田線表参道駅を降りて地上に上がり、青山通りに出た。

通りから脇道に入れば、閑静な住宅街が広がっている。五階以上の建造物はなく、歩いていても見下ろされるような閉塞感はない。

茜は、研修医の時から、瀬田の訪問診療に同行するときは、左隣を歩いている。右を向くと、瀬田の横顔が、その都度違うのが面白い。きっと、歩きながら治療のことについての考えを巡らしているのだろう。今日の教授は、唇をキュッと締めて、いつもより緊張度合いが高い気がする。

二人の後ろを、内視鏡を納めたバッグを持った悠美が続く。そのバッグは、楽器を納めているような長方体で、肩から下げられないので、ボストンバッグよりも運ぶのがきつそうだ。

堀越のマンションは、住宅街に入ってから角を二つ曲がったところの右手にあった。

彼は五十歳にして脳梗塞をおこし、車椅子利用の一人暮らしである。ヘルパーの介護を受けながら自宅療養をしている。脳梗塞の後遺症が口と咽にも残り、食事時間の大半を、ムセこみに費やす有様《ありさま》になっていた。

茜は、持ってきた白衣を羽織り、バッグから細長いポーチを取り出した。ポーチのチャックを開くと、中にステンレス製の保冷用ボトルが収まっていた。ボトルの蓋を開けた途端に、一つ角氷がこぼれ落ちた。それを除けて、水筒から紙コップに角氷を三個入れた。

「明石、綿棒を教授に渡して」

はい、と言って悠美は、円筒状のプラスチックケースの蓋を開け、中から綿棒を一本差し出した。

瀬田は、車椅子に座っている堀越に口を開けさせ、氷に浸した綿棒を口の奥に擦《こす》りつけた。数回擦り、綿棒を引き出してから生唾を飲むことを指示した。すると堀越の喉仏《のどぼとけ》が上がって、すぐに下がった。その直後にむせが始まった。

「教授は、一体、何をなさっているんですか？」悠美は茜の耳元で囁いた。

「見ての通り」茜は素っ気ない。「教授は、同じことを繰り返すから、しっかり見ていて」

そう言うと、茜は、白衣のポケットから聴診器を取り出して堀越の喉仏の脇にあてた。

瀬田が茜に、どうだ？　と訊いた。

茜は首を横に振った。

それを見て、瀬田は堀越の正面を向いた。

「堀越さん。もう一度やります。冷たく感じたらしっかりと噛んで、噛むことを意識して唾を飲んでみましょう」

瀬田は先ほどと同じように、綿棒を堀越の口の奥に擦りつけた。奥歯で噛んでください、と瀬田が指示をすると、間もなく堀越の喉仏が上下動した。

今度は、茜が頭を縦に振って、良し、といった合図を瀬田に送った。

飲むことよりも、なぜ噛むことを意識させたのだろう、と悠美は思い、茜に訊こうとしたが、瀬田の声がそれを遮った。

「山内君、引き続き頼む」瀬田は、綿棒を茜に手渡した。

茜は、瀬田と同じ所作を一回、二回、三回と繰り返し、堀越に嚥下を起こさせた。

そうか、と悠美は思った。これが冷圧刺激法だ。学生時代に瀬田教授の講義で習った記憶がある。冷たい刺激を喉元に与えることで、嚥下反射を起こさせるという方法だ。

「いつのがあ……ちょうしの……があだといいけど」

堀越が、左手を上下に振りながら言った。言葉が思うように出ない。何を言おうとしているんだろう。悠美は、茜の背中から堀越の顔を覗き込んだ。

「そうですね。この調子でいつもいけたらいいですね。大丈夫ですよ。繰り返しトレーニングしていくことで習慣になりますから」茜は、微笑んだ。

九回、十回と繰り返して行くうちに、だんだんリズムにのって喉の上下動がすぐに始まるようになった。ムセもない。

「山内先生、私にもやらせてください」悠美が言った。

茜は、えっ、という顔をした。

「うん、いいじゃないか」瀬田は、申し送り用紙に記していたペンを止めて言った。「山内君がしたようにやってごらん」

はい、と悠美は返事をして、茜から綿棒を受け取った。

「今度は私がしますので、口を開いてください」

悠美は、開いた堀越の口の奥に綿棒を運び、舌根部を擦った。

「はい、飲んでください」と言って綿棒を口から取り出した。しばらく見守るが、嚥下の動きが見えない。

「もう一度してみます」悠美は、綿棒を氷に浸した。「はい、口を開いてください」

再び堀越に口を開かせ、綿棒を擦った。

「はい、飲んでください」

堀越に動きはない。悠美は、首を傾げながらケースから新しい綿棒を取り出した。新しい綿棒で、仕切り直しをして、それを角凍りにしっかり浸した。

「もう一度しますので、口を開いてください」

三たび綿棒を口元に寄せると、堀越は左手で綿棒を払うようにした。

「あーうーたない……もうこーので」

悠美は茜に顔を向けた。「嫌なんでしょうか?」

茜は、悠美に苦笑いを返した。それからティッシュを二枚取り、失礼します、と言って、堀越の口の周りに付いた唾液を拭き取った。

「堀越さん、もう一度、私にさせてください」茜はそう言って、悠美が持っている綿棒を取った。

「ブランデーだとむせないのに、水だとむせてしまうんですよね。水もしっかり飲めますようにトレーニングです」

茜は、堀越の正面に膝を付いて、綿棒で喉の奥を擦ると、間もなく喉仏が上がり、ゴクリと動きが出た。

「ムセずに、できましたね。バッチリです。その調子で、今度はコップの水を一口飲んでみましょう。しっかりと噛みしめてから飲んでくださいね」

茜は、水の入った別の紙コップを、堀越の左手に渡した。堀越は、受け取ったコップを持って、口に運んだ。ゆっくりと、コップを口から離すと、さきほどのように、喉仏が上がり、嚥下を起こした。

茜は、それを見て笑顔で頷いた。「今の飲み方ならば、水もむせずに飲めるようになります。水分補給はくれぐれもブランデーではなくて、水でお願いしますね」

茜がそう言うと、堀越は声を上げて笑った。

「最後に唾液や水が喉に溜まっていないか内視鏡で確認して、今日はお仕舞いにしましょう」

それを聞いて、悠美は、内視鏡が収納されたバッグを開けた。

「山内先生と私の何が違うんでしょう?」エレベーターを降り、堀越のマンションを出たところで悠美が訊いた。

「何だと思う?」茜が逆に問いた。

「綿棒のあてる位置かな」

「位置?」

「違いますか? それじゃ、綿棒を強く押し当て過ぎたんでしょうか?」

「強く当てたかどうかまでは見ていないから、わからないわ」

「ちゃんと見ていてくださいよー」

「そういう問題？」

「他にどういう問題があるんですか？」

「以前も似たようなことがあったじゃない。加藤とあんたと三人で病棟に行った時のこと。加藤が最初に義歯の処置をして、次に私が摂食リハをして、最後にあんたが口腔ケアをしようとしたら、その患者さんは、口を開けてくださらなかった」

「そうでした。そういう患者さんがいましたね」

「今回もそれと同じことよ」

「あれは私が、硬めの歯ブラシでしようとしたから、口を開いてくださらなかったんでした」

「そういう問題だった？」

「そういう問題じゃなかったでしたっけ？」

茜は、返事の代わりに、ふーっ、と大きく息を吐いた。

「冷圧刺激法は、難しいですね」悠美も合わせるようにため息をついた。

「冷圧刺激法が難しいんじゃなくて、冷圧刺激法を患者さんに受け入れてもらうのが難しいのよ」

「失語症《しつごしょう》で会話ができないからですか？」

「そういう問題じゃなくて……なんて言ったらいいのかなあ」

するると、あっ、と明石が声をあげた。

「どうしたの？」

「冷圧刺激法で思い出しました。綿棒ケースを忘れてきてしまいました。ベッドの下に置きっぱなしです」

「えー、取りに行ってきなさいよ」

「山内先生も一緒に来てください」

「何で私もいくのよ。綿棒ケースくらい一人で取りに行ってきなさいよ」

「だって私じゃ話が通じないし……」

「山内君、付いて行ってあげなさい」前を歩く瀬田がこちらを向いて言った。

えーっ、と茜は露骨に渋い顔だ。

「山内先生、教授命令ですよ。一緒に戻りましょう」

「あんたね、誰のためにこんなことになっていると思ってるの。器具の点検はあんたの担当で、忘れたのはあんたの責任なのよ」

「二度と器具は忘れないようにしますからあ」

「そのセリフ、何回目よ。昨日だって、あんた病棟に内視鏡の電源キッドを忘れてきたでしょ。病棟ナースから連絡があって、あんたとっくに帰っちゃったから、私が取りに行ったのよ」

瀬田は笑っている。

まったくもう、と茜は言い捨ててUターンをした。数歩行ったところで、向こうから車が来たので端に寄った。振り返って見ると、瀬田が青山通りに出てコートを翻すのが見えた。

茜は小走りになった。

「嚥下してもらうのに、なんで飲んでくださいではなくて、噛んでくださいなんですか？」悠美が茜の背中で訊いた。

「嚥下する瞬間は、誰でも奥歯を噛み合わせているでしょ？　飲んでくださいの指示より、噛んでくださいの指示の方が通りやすいのよ。噛んだと同時に嚥下の反射が起こるのを期待できるわけ」

「なるほど、そういうことだったんですね。私もそのように指示すれば、堀越さんは嚥下反射が起きたんですね」

「そういう問題じゃないんだよねー」茜は、言い放った。「しかも保冷用ボトルに目一杯角氷を入れてくるから、重たいバッグがなおさら重たくなって、たまらなかったわ」

マンションのロビー前に着くと、茜はインタフォンに401と打ち込んだ。

しばらくして「あー、あー」と堀越の声がした。

「先ほどの北斗大学病院の者です。大変申し訳ありませんが、忘れ物をしてしまったので取りに伺いました。ご面倒おかけしてすみません。もう一度開けてくださいますか」

「ああ、そう、そう」少しして正面玄関の扉が開いた。

「後はいいわね。あんたが行くのよ」茜が言った。

「えっ、山内先生、行っちゃうんですか？」

「ここまで来れば大丈夫でしょ。４０１号室に行って、ベッド下の綿棒ケースを回収すればいいだけよ」

「あの人、通じるかなあ」

「堀越さんは失語症でも、ブローカ失語だから、しっかりと話せば通じるわよ」

「ブローカ？」

「失語症のことは、以前、加藤が朝の診療検討会で発表した時に話題にしたでしょ？」

「加藤先生の発表ですか？　失語症って話題になっていましたっけ」

「あんた寝てたんじゃない？」

「そうかもしれません」

「それなのに診療検討会を毎週してください、なんてよく言うわ」

「加藤先生の発表はあんまりだったんですけど、今朝の榊先生の検討会は、本当に面白かったんです」

「そんなのいいから。とにかく堀越さんは、言葉は出づらくても言われていることは理解できているんだから、ちゃんと誠意をもってお詫びして回収してくるのよ」

茜は、ポニーテールを左右に揺《ゆ》らし、青山通りに向かって走っていった。

（6） 察する

瀬田は、冷蔵庫最下段の製氷室を引き出した。

ガラガラと音を立てながら角氷をポリレジ袋に入れた。それをオールレザーのバックに詰め込んだ。このバッグは、瀬田の往診用である。

「よし」瀬田は気合を入れて、教授室の扉を開けた。半分ほど開けたところで、あっ、と思わず声を出した。

目の前に愛子が立っていた。口角を上げて笑顔に近いが、決して笑顔ではない。

「どちらへ？」

「病棟へ行ってくる」ドアを大きく開いて、再び、あっ、と言った。むしろ、わっ、という感じだ。茜が立っていた。「近藤先生の病室へ行かれるのですか？」

二人は、自分が部屋から出てくるのを待っていたのだろうか。

「近藤先生に呼ばれているものだから、これから行って話を聞いてくる」

「往診用のバックを持ってですか？」愛子が体を寄せ、右瞼《まぶた》にかかった髪をあげた。今度はしっかりと笑顔だ。しかし、この笑顔は苦手だ。

「何かあったらと思ってね。一応、処置の用意をしていくんだ」

「何かって何ですか?」今度は茜だ。ポニーテールが左肩に流れた。笑顔の中の瞳が放つ視線は、体に射しこみ痛みすら感じる。

駄目だ。この二人は察している。口調は尋問のようだ。

「これから僕が近藤先生のところでしようとしていることは……」瀬田は、後ずさりで教授室に再び入った。

「おっしゃらないでけっこうです」愛子が瀬田の言葉を遮《さえぎ》るようにした。

「ご一緒します」二人は声を合わせた。

――今から十五分前

摂食機能療法科の診療室で、歯科衛生士の堀部美佳《ほりべみか》が一日の診療の片付けに入ろうとした時だった。

堀部さん、と愛子が声をかけた。「保冷用ボトルは、これから医科病棟に一つ私が持っていきます。近藤先生のご家族がいらっしゃるので、嚥下のトレーニングを直《じか》に見ていただこうと思うんです」

摂食機能療法科の器材管理は、堀部がしているので、持ち出すような場合には、彼女に確認をしてもらう必要がある。

「そうですか。午後の訪問診療で、瀬田教授が持って帰られたポーチの中が濡れていて、今、乾燥していますので、こちらのポーチでお願いします」堀部は、棚からブルーの保冷用ポーチを取り出して、愛子に手渡した。

「おっ、あの食道アカラシアの先生だな」外来診療が終わって、電子カルテに入力をしている桑野修一が言った。彼の横に、柏原里佳子が立っている。

「お前一人で行くのか？　なんだったら柏原に補助に付かせてもいいぞ。外来の診療は終わったからさ」

「いいえ、大丈夫です。瀬田教授が一緒ですから」

「えっ、教授？　何で教授も行くんだよ」

「非力な私が一人よりも、教授が同席された方が、ずっと説得力があると思うんです。ですから瀬田教授には是非、来ていただきたいとお願いしました」

なるほどね、と言って桑野は納得してみせた。「何で食道アカラシアに膀胱バルーンカテーテルを使用したか、理由をちゃんと聞いてこいよ。お前が出した問題なんだからな」

そう言って桑野は、再びモニターに向かいキイボードを叩き始めた。

「榊先生、頑張って行ってきてください」里佳子が言った。「機械的にTPNにしてしまう時流に疑念を抱き、口から食べてもらいたいという思いでバルーンを試みた、という榊先生の推理を支持しています」手を振って見送る柏原に、愛子は笑顔で返した。

——愛子と茜が教授室に入ってから八分後

レザーバッグの中身を整え、三人は部屋を出た。ここは六階である。

「階段で行こう。その方が人目につかない」と瀬田は言い、エレベーターホールの横にある扉を開けて階段を降りた。五階の踊り場に着いたとき、階段の扉が開いた。

オー、と言って出て来たのは、歯科病院長の本間勇《ほんまいさむ》だった。五階は口腔外科の外来診療と病棟のフロアーだ。口腔外科の教授でもある本間は、入院患者の回診を終えたばかりで、後ろに十数名の医局員を率いていた。

エレベーターを使わないのが裏目に出た。瀬田は、こんにちは、とだけ言って立ちすくんだ。

「瀬田君、五時から部科長会議だぞ。どこに行くんだね？」

月に一回、二十ある診療科の科長が集まり、病院の運営戦略を練る会議が部科長会議である。六階、七階が臨床系講座の医局のフロアーで、会議室は八階にある。瀬田は、上るべきところを、今、下っている。

「ええ……あの、つまり……たった今、医科病棟に行かなければならなくなりまして」瀬田が耳の中で左の人差指をクルクルと回し始めた。都合が悪くなった時の瀬田の癖だ。

「医科病棟？」本間が食い入る様な目つきをした。

スッと愛子が一歩前に出た。

「私が担当している医科病院の入院患者さんなのですが、今、ご家族が面会にいらしているとナースステーションから連絡がありました。今後の摂食機能の回復見込みについての説明を求めていらっしゃるようで、これから参ります。私一人では心許《こころもと》ないので、瀬田教授に一緒に来てもらうようにお願いをした次第です」

「診療内容の説明に、今、行かないといけないのかね？」

「ご家族は、今日のこの時間にしか面会にいらっしゃれないらしいんです」

「説明するのに、そんな立派なバッグを持って、随分と仰仰《ぎょうぎょう》しいじゃないか。何が入っているんだ？」

そこを突くか、と瀬田は、自分が肩に下げているレザーバッグを見つめた。

「冷圧刺激法を、ご家族の前で実演してさし上げようと思いまして」愛子が応える。

「レイアツ？」

「角氷ですとか、聴診器ですとか、治療用の基本器材をバッグに詰め込んでいます。冷圧刺激法というのは、咽頭部のアイスマッサージをすることで嚥下反射を誘発するトレーニングです。患者さんは、誤嚥性肺炎を発症しており」

と愛子が説明を続けようとすると、本間が制した。

「まあいい、そんなことは」

摂食機能療法科が実際に、どのような診療をしているかなど、他科の教授連は興味のないことだ。耳を貸そうとしないところを、あえて説明して、話を途絶えさせる榊君の思惑だな。そう思った瀬田の指の回転が止まった。

医局員の数がもっとも多い口腔外科の教員の席が削られ、その分をあてがわれて出来上がったのが、摂食機能療法学講座である。さらに医科と対等に全身管理ができる歯科は口腔外科であるとの自負のもと、医科病院と連携しているような素振りを見せている摂食機能療法科の存在は、本間にとって気分の良いものではない。

本間は、ふん、と鼻を鳴らして、階段を昇り始めた。二、三段行ったところで振り返った。

「たしか、先月の部科長会議も瀬田君は欠席だったな。そっちも大事かも知れんが、本文はこっちなんだから、患者への説明が終わり次第、会議には出席してくれ給えよ。君には、いつも雲に巻かれてしまう」

雲じゃなくて煙だろ、と思いつつ瀬田は背筋を伸ばした。「はい。かしこまりました。終わり次第、馳せ参じます」

本間の後に付く医局員たちが、ほくそ笑んでいる。

列の最後尾に佐々木篤哉がいた。彼と茜は、昨年度一緒に摂食機能療法科で研修をした。佐々木の眉毛が中央でつり上がっている。こんな時間に医科病棟に呼び出されて、患者家族に説明をしに行かなくてはならないなんて気の毒なことだ、とでも思っているのだろう。茜は、すれ違いざま人差し指でべーッ、と目尻を下げた。

「篤哉の奴、生意気!」彼らが視界から消えると茜が言った。

急ぎましょう、と階段下で愛子が急き立てた。

四階の扉を開け、赤絨毯の廊下を抜けて連絡通路に入った。いつも通り、そこは誰も行き交うことのない静寂な空間だ。

「部科長会議は無断欠席するおつもりだったんですか?」瀬田の後ろで愛子が訊いた。

「病棟の診療が思いの外《ほか》伸びてしまって間に合わなかった、くらい言って、後で言い訳するつもりだった」

「ところが病棟に行く途中でバッタリと院長に会ってしまったので、しどろもどろになってしまったんですね」

「しどろもどろ、って……」

前を見ると、医科病院側から加藤英明と十和田幸太朗がこちらに向かってきた。二人は病棟診療が終わって戻るところだ。

「またバッタリですよ。教授、頑張ってください」背中で、愛子が小声で言う。

「今から病棟ですか?」加藤が声をかけてきた。

「うん。近藤先生のところへ行ってくる」

「でしたら、僕も行きます」十和田が言った。

えっ、と瀬田が奇声をあげた。

「まさか十和田君がそんなこと言ってくれるとは思わなかった」愛子が瀬田の右肩から顔を出して言った。「でも今回はその気持ちだけしっかり受け取っておくわ」

「いや、せっかくですから僕も行きますよ」十和田は、その気になっている。

今度は茜が瀬田の左肩から顔を出して、加藤に向かって目を猫のようにした。

「おい、十和田。治療器具の後片付けをしなくちゃいけないし、病棟診療の反省会もするから診療室に戻るぞ」

そう言って加藤は、これでよろしいでしょうか、との視線を茜に返した。

茜は、微笑みを作って肯いた。


三人が、喜一の入院している十二階病棟に着いたのは、十七時を少しまわったところだった。

十六時四十分から十七時十分まで、看護師はナースステーションでテーブルを囲み、日勤から夜勤への申し送りをする。この時間帯は看護師にとって聖域なので、声をかけるのはご法度である。なので、ナースステーションの前を通り抜けるのに、会釈程度で済む。点滴は、申し送りが始まる前に終わる。また病室清掃のスタッフは、十七時までに引き上げていく。夜勤の回診は十八時だ。つまり十七時から十八時までの一時間が、ナースコールを鳴らさない限り、病室に誰も現れない時間となる。

扉の前に立ち、瀬田はコンコンと小さく、ゆっくりノックをした。

(7) 内密

喜一は瀬田の顔を見るなり、おう、といつものように声を発した。

咳がしやすいようにリクライニングのまま枕を高くしている。瀬田が、ベッドに歩み寄った。

「ビールをお持ちしました」

「そうか」喜一はあたかも当然のような顔をして素っ気ない。しかし、瀬田の後ろに愛子と茜がいるのを見て、表情を変えた。

「内密なのに、大丈夫なのか?」

「はい。彼女たちも内密科の医局員ですから」

「ナイミツカ?」

と茜の反応に、喜一と瀬田は、目を合わせ微笑んだ。

「近藤先生」瀬田が真剣な顔に戻した。「先生は無気肺の状態です。ビールを誤嚥することで肺炎を悪化させ、取り返しのつかないことになるかもしれません」

「取り返しがつかない?」

「はい。死に至るということです」

瀬田の物言いが、直線的であることに茜はドキッとした。

喜一は瀬田を見つめた。「僕にとって取り返しのつかないこととは、ビールを飲まずにあの世に行くことだ」

視線は瀬田を超えて、愛子と茜に向けられた。

「僕は生きたいんじゃない。ビールが飲みたいんだ」

その言葉に、瀬田が頷いた。背中で、愛子と茜も頷いていた。

「一口飲むたびに、確実に嚥下したことを確認します」

瀬田の語りかけは落ち着いている。先ほど、本間に問いただされた時とは対照的だ。

「確認するのは、内視鏡かい？」

「内視鏡は使いません」

「よかった。鼻からあんなもん入れられたんでは、ビールを飲んだ気になれないからね」

「その代わり咽頭部の聴診はさせてもらいます」

「いいだろう。視診、触診、聴診から始まり、どんな装置を使ったところで、最後は視診、触診、聴診で決めるんだ」

昼間の喧噪は消え去り、閉め切った病室の中に、外の音は届かない。すっかり陽が沈み、カーテンを開け放った窓が四人を映している。ベッドで横になる喜一、その姿を見つめる三人、それは夜景のキャンパスに描かれた透明水彩画のようだ。

「では準備します」瀬田は、愛子に目で合図をした。

愛子は、レザーバッグからブルーのポーチを手にした。ポーチのチャックを開くと中は角氷に満たされており、取り出されたのは保冷用ボトルではなく、瓶だった。

恵比寿黒ビールの小瓶だ。

すぐさま茜もレザーバッグからポリ袋を取り出した。それには角氷の詰まったクリスタルビヤグラスが収まっていた。

ここに来る前に、教授室の前で二人が、部屋から出てくる瀬田を、待ち受けていたときのことだ。

「グラスはどうしよう」茜の向かいに立つ愛子が言った。

「グラス？」

「ビールを注ぐグラス。紙コップなんてダメよ」

そこで扉が開き、レザーバッグを持った瀬田が教授室から出てきた。

愛子と茜は、押し入るように教授室に入った。愛子が手を伸ばし、失礼します、と言って、レザーバッグを瀬田からスッと取り上げた。開くと、氷を詰めたポリレジ袋が入っていた。

「教授、これに氷を移しましょう」愛子は、堀部美佳から受け取ってきたブルーのポーチを差し出した。「こちらの方が、保冷性は高いですし、氷が溶けて水が漏れることもありません」続けて愛子が、やっぱり……、と言って取り出したのは、治療用の使い捨て紙コップだった。

すると茜がスクッと立ち上がった。「取ってきます」

茜は、隣の医局に通じるドアを開いて、自分の机に向かった。膝を折り腰を屈《かが》めて、机の下に置いてある小箱を手にした。

先月、茜の同期である浅倉舞《あさくらまい》の結婚式があった。学生時代に二人は水泳部に所属しており、卒業してからも時間が合うと、食事をしながら女子会に花を咲かせていた。浅倉は、四月から矯正歯科の医員となっている。矯正歯科は、研修医に人気があるので、医員になるにも入局試験がある。水泳部で主将を勤め、学生時代の成績も優秀だった彼女が入局試験に合格するのは、当然のことだった。さらに秋には水泳部の先輩と結婚が決まっていたので、四月以降の女子会は、彼女の惚気《のろけ》話と歯科矯正についての講釈で、茜は一方的な聞き役になっていた。

披露宴の後、二次会が大学近くのレストランで行われた。茜は、引き出物を二次会の会場まで持っていくのが面倒だと思い、医局に寄って自分の机の下に置きっぱなしにしておいた。

「まさか、ここでお披露目になるとはね」茜は小箱を開いた。中に収まっていたのは、クリスタルビヤグラスだ。それを取って振り返ると、南青山から戻ったばかりの悠美が、医局の中央に配置されている共有テーブルにカップを前にして座っていた。茜が教授室からいきなり出てきたのでびっくりしている。

「どうしたんですか?」

「これから医科病棟に行って、冷圧刺激法をしてくるの」

茜は、咄嗟《とっさ》にそう答え、窓辺にある洗い場まで行って棚からラップを取り出した。ビヤグラスの内面にラップを貼り、引き出しを開いた。

「あれから綿棒ケースを取りに、堀越さんのお部屋に行きました。怪訝《けげん》な顔をされて戸惑いましたけど、ケースはベッドの下にあったので無事回収してきました」

「ご苦労様だったわね」

「でも帰りが大変だったんです、道に迷っちゃって。何回、角を曲がっても青山通りに出ないし」

「何回も曲がるから出ないのよ。二回曲がれば済むはずなのに」

「私って、訪問診療に向いてないみたいです」

「えー、そっち？」

「そっちって、どっちですか？」

「もういいわ。ゆっくりコーヒー飲んで疲れを癒してちょうだい」

「私、コーヒーだと香りが鼻について気持ち悪くなっちゃうんです。紅茶をいただいています」

「はいはい！　好きにして」

「でも冷圧刺激法に、栓抜きまで必要なんですか？」

そこはまともに訊いてくるのねと思い、茜は、チッ、と舌を鳴らした。彼女の右手には、今、引き出しから取り出した栓抜きが握られている。

「今回の冷圧刺激法には、味の付いた炭酸水を使うんだけど、それが瓶に入っているの。栓抜きが必要なのよ」私、嘘は言ってないわ。

「味付きの方が、嚥下反射を誘発しやすいからですね」

「そういうこと」まあいい。この場を納得してくれれば、何でも良い。

茜は、そそくさと教授室に戻った。

「教授、栓抜きが入っていませんでしたよ」愛子が言った。

「栓抜きか……忘れていた」

「山内さんが、今、持ってきてくれましたから大丈夫です」

こうして三人は教授室を出たのだった。


瀬田は、音を立てないよう力を入れてゆっくりと栓を抜いた。

「榊君、君に注いでもらいたい。摂食機能療法科の僕の担当医は、榊君なんだろ。よろしく頼むよ」喜一は、真剣な眼差しを愛子に向けた。

「それでは僭越《せんえつ》ですが」

愛子は、ビヤグラスに入っている角氷をポーチに移して、内面に貼ってあるラップを解いた。ビヤグラスを喜一に渡した。

「これは立派なグラスだ。グラスもしっかり冷えている」

喜一がグラスに思いを向けてくれた。ビヤグラスに『舞』の名前でもペイントされていようものなら、暮の医局大掃除の時に燃えないごみとして処分するつもりだった。今度、舞に会ったら、アリガトって言わなくちゃ。茜は、ベッドのスイッチを押して、背もたれを九十度まで上げた。

愛子は、瀬田から黒ビールの瓶を受け取った。

「なみなみナミと頼むよ」喜一はグラスを差し出した。

「なみ、が一つ多いような気がします」愛子は注ごうとした手を止めて言った。

「そうかな」

「その通りに注いだら、ビールがグラスから溢れてしまいます」

「それはもったいない。では、なみなみでお願いする」

「かしこまりました」

愛子は、恵比寿のロゴがしっかりと見えるように両手で瓶を持った。グラスに瓶の口を当てずに注ぎ始めた。黒ビールが傾斜したグラスの内面を勢いよく流れ落ちる。愛子は、泡が溜まるにつれて徐々に注ぐスピードを下げ、泡が浮き上がり飲み口のところに達した瞬間に素早く瓶を離した。

「うまい！」

「まだ飲んでいらっしゃらないじゃないですか」

「ビールの注ぎ方がうまい。もうこのビールはうまいに決まっている。榊君にお願いして良かったよ」

今の近藤先生は、窓辺に立てかけてある写真と同じ笑顔をしている、と茜は思った。病室で白衣を着た女性がビールを注ぐ姿は、なんとも非日常の光景であり、愛子の所作が茶道ならぬビール道のたしなみのようにも見えた。

喜一の背筋がピンと伸びた。拘縮しているはずの体幹が、こんなにしっかり、まっすぐに伸びるとはびっくりだ。茜は、聴診器を喜一の喉仏の脇にあてた。

泡に先導され黒糖色したビールが、グラスに添えられた唇を伝わり、口の中へ流れていく。ゴクリ、ゴクリという嚥下音が聴診器を伝わり、その音に同期して喉仏が上下動を繰り返すのが見てとれた。唇からグラスが離れた瞬間、「あー」とも「はー」ともつかない大きくまとまった吐息が、部屋の隅まで染み渡った。

「うまい!」喜一は、グラスの底に一筋のビールを残しただけのグラスを差し出した。

「今の飲みは、今日まで自分を支えてくれた家族に乾杯だ。次は現役時代の自分を支えてくれたみんなに幸あれと乾杯をしたい」

どうする?という目で、愛子が茜を見た。

嚥下が終わった後には、澄んだ呼吸音が聴取できる。雑音はない。聴診器をかけた茜は、大丈夫です、とゆっくり頷いた。

愛子は、ビールを注いだ。ビールが注がれ切るまで、喜一が持つグラスはピタッと動かない。

喜一はグラスを口に運んだ。続けて喉元は一回、二回、さらに三回と、上下動をしている。グラスを唇から離すと、息を吐き切った。

「うまい!　キンキンだ」

こんなにも心から「うまい」と言ってもらえるビールは、どんな薬よりも効力を発揮しているに違いない。そんな思いを喜一に寄せた茜だったが、「榊君、もう一杯、君たちに乾杯だ」との声に表情をこわばらせた。

幸い、ここまでは、ムセずに嚥下している。でも、もうこのくらいで辞めにしておいた方がいい。聴診器を伝って呼吸音に痰が絡んだような雑音が混じり始めた。喉に溜まってきている証拠だ。

榊先生、と茜は呼んだ。こちらを向いた愛子に対して首を横に振った。ビールはここまでにしましょう、との合図だ。

二人はお互い、少しの間、目を合わせた。

愛子は、口角をキュッと上げると、茜から視線を外し、向き直ってグラスにビールを注いだ。瓶の中は、とうとう空になった。

喜一は、目の前でグラスを翳《かざ》した。部屋のシーリングライトの灯りが、黒糖色の透明感を浮き立たせている。

ビールは口の中に吸い込まれるように流れていく。

グラスからビールが消えた時、喜一は、名残を惜しむように唇をすぼめては横引きをし、それを二度三度と繰り返した。大きく喉仏が上がり、その直後にゴクリと聴診器でなくても聴こえる嚥下音がした。

「ありがとう」

喜一は、グラスを愛子に手渡した。

「近藤先生、ビールはこれで終わりでありません。忘れないでくださいね。退院したら、私をヨダレ鶏のお店に招待してくださること」

それを聞いて、喜一は笑い声を響かせた。「忘れていないよ」

突然、扉の前に立っていた瀬田が、ガラス窓を通して、あっ、と声をあげた。

「娘さんだ。紗栄子さんが来る！」

愛子は、手早くグラスとビール瓶をレザーバッグに納めた。茜は、白衣のポケットから、口臭予防のスプレーを取り出して、部屋の中央に向かって噴霧した。部屋からビールの影と匂いが消えた。

瀬田がもう一度、扉の外を見ると、紗栄子は誰かに呼びとめられたようで、ナースステーションの前で話をしていた。

「見事に君たちは内密科をやって遂げた。まさに総合医だ」と喜一が言った。

「恐縮です」瀬田が応える。

「やり遂げたのは、君たち二人で、瀬田君はビールの栓を抜いただけだろ」

喜一の言葉に、愛子と茜がクスクスと笑った。茜は、中腰になってベッドのスイッチを押し、背をリクライニングに戻した。

コンコンと強めのノックの後、「お父様」と扉が開かれ、紗栄子が現れた。

（8）　退散

四階の連絡通路に入り、瀬田、愛子、茜の三人は、窓の外に向かって立ち止まった。葉を全て落とした銀杏が木枯らしに吹かれ、小枝をわずかに揺らしているのが見える。合わせるかのようにフーッ、と一斉に息を吐いた。

「榊君はどうして今回の内密診療のことを知ったんだ？」

瀬田は、右隣の愛子に訊いた。

「内密診療だから内密科なんですね？」愛子はそう言って、茜と笑った。「お昼に教授が近藤先生の部屋から戻っていらした時、この通路でお会いしましたよね。その時教授の顔に、今日中に近藤先生のところにビールを届けなくてはならない、って書いてありましたから」

「そんな長文、書いてあったら顔は真っ黒だ」

愛子と茜は、また声を合わせて笑った。

「顔は黒くはなかったですが、考え込んでいらしたようで暗かったんですよ。でもヨダレ鶏のお店が南青山にあることを話したら、急に顔が明るくなりました。教授が、さあ行こう、と背中を向けて走って行ったのを見て、これは何かあると思いました」

「何かある……それがどうしてビールだと思ったんだ？」

「教授を呼び出したくらいですから、近藤先生が何か頼みごとをしたのは間違いないです。それは、病室のテーブルに置かれていた写真に関係がある。写真には、ご家族とヨダレ鶏が写っていました。ご家族のことであれば教授にお願いするまでもないでしょうし、ヨダレ鶏を食べたいのであれば、そこまで内密にする必要はないはずです。もう一つ、写真に写っていたもの」

「それが、近藤先生が手にしていた黒ビールだね」瀬田が言った。

愛子は肯いた。「教授が頼まれたのは、これしかないと思いました」

「恵比寿の黒ビール、それも瓶でキンキンに冷えたもの、という要望だったんだ」瀬田は観念したように、肩の力を抜いた。「明朝に、モニタリングルームに転室すると聞いていたから、決行するとしたら今日しかない。モニタリングルームでは、ナースステーションから中が丸見えだからね」

そうですね、と愛子が相槌を打った。

「コンビニで販売されているのは缶ビールだし、酒屋を当たろうと思ったが、この辺りで一番近い酒屋は、神田明神裏の蔵前橋通《くらまえばしどお》りまでいかなくてはならない。病室で内密診療ができるとすれば、十七時から十八時の一時間だ。午後の訪問診療から帰ってきてから買いに行くのでは間に合わない」

「そこで思い立ったのが、南青山のヨダレ鶏のお店。そこでビールを直接手に入れようとなさったんですね？」瀬田の左隣に立つ茜がそう訊くと、瀬田は肯いた。

「山内君は、内密診療のことをどうして知ったんだ？」

「堀越和樹さんのマンションを出たときに、教授の顔に、これからビールを買いに行って一刻も早く大学に戻り近藤先生に届けなくてはならない、って書いてありましたから」

「山内君まで何言ってんだ！」

「そんな長文だったら、顔がビールみたいに真っ黒になっちゃいますね」

茜の言葉に、愛子が音のしない拍手を送った。

「堀越さんの診療を終えて、明石が忘れた綿棒ケースを取りに戻ろうとしたとき、振り返ったら教授は青山通りを出たところで、右に折れて行きました。表参道駅は左なのに、おかしいなと思ったんです」

「そんなところを見られていたのか」

「堀越さんのマンションに戻る途中で、明石に、保冷用ボトルに角氷をあんな沢山入れてこなくても良かったのに、と言ったら、目一杯入れるようにと教授から指示されたとのことでした。しかも、診療後、ボトルとポーチは、ボストンバッグにしまうはずのものを、僕が持っていくからと、ご自身のレザーバッグに詰め込まれたのを思い出して、これは何かあると思いました」

瀬田は、凝りを解くように首をゆっくり回転させ、フーッと息を吐いた。

「妻に携帯で、南青山にあるヨダレ鶏の中華料理店のことを訊いたら、それは昇凰楼《しょうこうろう》だと言うんだ。昇凰楼は、午後の訪問診療先である堀越さん宅の近くだと知った。酒屋は無理だから、そこに寄ってビールを買おうと思った。ビールを手に入れたところで、そのままではすぐにぬるくなってしまう。保冷剤は持ち合わせていないから、冷圧刺激法の氷を利用して、キンキンに冷やしたものを近藤先生に届けるつもりだった」

「明石が綿棒ケースを忘れたのは、好都合だったんですね？」

「全くの好都合だった」瀬田は、二度、三度と肯いた。

「でも、明石がケースを忘れなかったら、どうやって私たちを撒《ま》くつもりだったんですか？」

「妻に昇凰楼を教えてもらった時、そこの中華まんがおいしいから、ついでに買ってきて、と頼まれた。山内君には、中華まんを買いに行くから先に病院に戻ってくれ、と言おうと思っていた」

「そんなこと聞いたら、私は絶対に教授に付いて行って、中華まんを一緒に買いますよ」

「そうか。そうだとしたら完全に窮地に追い込まれていたな」

まさか、と茜は思った。明石も今回のことに気づいて、わざと綿棒ケースを忘れたわけじゃないわよね。ない、ない、そんなドンピシャの心遣いをあいつができるわけがない。

「榊君と山内君は、どこで落ち合ったんだ？」瀬田は、吹っ切れたように訊いた。

「山内さんが南青山の訪問診療から教授と別々に帰ってきたので、何があったのか訊いたんです」

「榊先生に、訪問診療の顛末《てんまつ》を話したところ、教授は近藤先生に特別なビールを飲ませようとしている。氷を使って冷やし続けなければならない以上、今日の限られた時間に決行するだろうと、お互いの意見は一致しました」茜の顔は、顎を少し前に突き出して満足そうだ。

「今回のことは、病院ではしてはならないことだ」瀬田が首を垂れた。

「これって罪になるんでしょうか？　患者さんが望んだことなのに」愛子が言った。

「そもそも、なぜ病院でビールを飲んではいけないんでしょうね」茜が続く。

「お天道様はしっかり見ている。これが許されないことなら、いつの日か何らかの形で罰を受けることになるだろう」

「山内さんも私も、教授に命令されて内密診療を行ったわけではありません。罰が下るとすれば私たちも同じです」

もし罰が下るとしたらどんな罰かな。茜は考えを巡《めぐ》らした。財布を無くしたり、転んで頭を打ったり、でもそんなのは日常茶飯事だ。その程度で済むのなら、いくらでも罰を受けるわ。それ以上のことがなければ、神様は見逃してくれた証拠よね。

そうだ、と瀬田が思い出したように言った。

「榊君、山内君。僕には次のミッションがある。馳せ参じねばならない。部科長会議に欠席となると、これもまた罪になる」

「そうでした。院長をクモに巻いてしまいましたからね」愛子の言葉に茜が笑った。

瀬田は、足を歯科病院に向けた。靴底が、床を擦る音をたてている。

全然馳せてない、と後ろの二人は思った。

(9) お茶の時間

明石悠美が、医局で紅茶をすすっているところに、医科病棟から加藤英明と十和田幸太朗が戻ってきた。この時間は、一日の診療を終え、緊張のほぐれたところで、共有テーブルに自然と医局員が集まってくる。桑野修一の外来診療についていた柏原里佳子も入ってきた。

お疲れー、と言ってそれぞれマイカップにコーヒーを注いで椅子に座った。

「冷圧刺激法って難しいです」明石が加藤に向かって言った。

「今日、南青山の訪問診療で、嚥下反射を起こさせようとして、口蓋と舌根部に刺激を与えたんですけど、なかなか反射が起きないんです。でも山内先生がすると、嚥下反射が起きるんです」

「綿棒の当てる箇所が、口蓋の正中じゃなくて両サイドの軟口蓋でなくては効かない。舌根部は奥の方にしっかりと圧を加えないと誘発できないよ」

「山内先生が言うには、私の綿棒の当て方が問題じゃないんですって」

「そうかあ」と加藤は含み笑いをした。

すると十和田が声を出して笑い始めた。「それって、愛情が足りないんじゃないの?」

「失礼ね。私だってなんとか嚥下を起こしてもらいたくて必死だったんだから。しかも帰りは山内先生に置き去りにされて、南青山で道に迷っちゃって散々だったわ」

「南青山なら、俺の実家の近くだな。南青山にも訪問診療の需要があるのか？」

「知ってる。堀越和樹さんでしょ？」里佳子が言った。「私も以前に教授に付いて訪問したわ。すごいマンションよね。エントランスが大理石で覆われていて、お部屋に入るまでにセキュリティチェックが三つもあってさ」

「一体どんな仕事していたのかしら？」

「株式専門のシステムエンジニアよ」悠美の疑問に里佳子が答えた。

「システムエンジニア？」

「元々、一部上場の企業でシステムエンジニアをしていたんだけど、自分のプログラミングが傑作でも誰の功績かわからない感じで埋もれてしまうことに納得がいかなくて、それに成果物というよりも勤務時間で査定されていることに、労働意欲が落ちていったんですって」

「そこで独立を考えたというわけか。あの辺のマンションには、そうした経営者が多いからね」十和田がカップを手にした。

「堀越さんは、株主総会の事務局業務も任されたことがあるから、株の動向については敏感だった。でも絶えずモニターに向かって変動を見ているわけにはいかないから、個人的に株の上下動を監視する自動設定のプログラムを作ったの。そのプログラムを実践したら、大儲けすることはあっても、大損するようなことはなかったんですって」

ふーん、と明石は頬杖をついた。

「これならいけると思って、各業界に特化した形で情報操作システムを開発したら、それまで勤めていた会社の関連企業からシステム購入の声がかかるようになった。そこで数人を雇い、会社として立ち上げたところ、たちどころに高額でそのシステムパッケージを販売することが企業として成り立って、億に及ぶ利益を得るようになったらしいの」

「まさにＩＴが成す億万長者だな」十和田は、そう言うとコーヒーを口に含んだ。

「午後三時が過ぎると、明るいうちから行きつけの割烹料理屋にいって、お気に入りの酒と小料理にありついた。株式市場が休みのときは、銀座に繰り出し、そこにはそれまで疎遠だったはずの昔の友人も集まるようになった。支払いには、いちいち細かいことを言う必要もないくらいだったんですって」

「そこで肝臓よりも早く脳の血管が悲鳴を上げて破綻した、と言うわけか」十和田は、カップを置いた。

「今の話、誰から？」悠美が訊いた。

「誰からって……堀越さん本人から聞いた話だけど」

「堀越さんは失語症で話せないはずでしょ？」

「ブローカ失語だから、言葉が出づらいことはあるけど、人の話はしっかり理解できている。聞いていれば単語と単語をつなぎ合わせて、何をおっしゃりたいかは検討がつくわよ」

「それって山内先生に同じようなことを言われたわ」

「先月の診療検討会で、僕がブローカ失語について発表したじゃないか。そういえば僕が発表している時、明石はそんな風に頬杖ついて寝てたもんな」加藤が悠美の真似をして頬杖を付いた。

「それも山内先生に指摘されました」

「そうだろうな。顔だけは僕の方を向いていたけど、目はしっかり閉じられていたからな。あれは不気味な光景だったぞ。そんなので診療検討会を毎週やってくれ、なんてよく言うよ」

「あっ、それも山内先生に言われました」

皆、一斉に笑った。

「堀越さんは、お金に物を言わせれば二十四時間ヘルパーさんに介護してもらえるんだろうけど、あえてそれはしないんですって」里佳子が、しんみりと続けた。「介護用アプリのプログラミングに挑戦していて、移動、排泄、入浴、食事といった日常生活活動を、本人が希望するときだけ介護の手が出せるようにして、独居でも生活のできる空間を作りたいっておっしゃっていたわ」

「へー、とことんベンチャーだね。脳卒中で倒れてもタダじゃ起きない。片麻痺、失語症でも開拓者として仕事をしているわけだ」十和田も真顔になった。

「株式のプログラムを作っているときは、金儲けを目標にしていたけど、これからは人の役に立ちたいって気持ちが芽生えたそうよ。所詮、人生の行く末に納まる所は、億ションだろうが、特別養護老人ホームだろうが、一室の空間に過ぎない。いくらお金を蓄えても、行き着く先は一緒。道程《みちのり》に高低差や距離の違いはあるだろうけれど、山あり谷ありを、プラス、マイナスに置き換えれば、結局イコールみんなゼロだって」

　里佳子の話に、皆が肯いている。

「山あり谷ありを良しとするか、起伏なしで平々凡々を良しとするかは、それぞれの価値観の問題だもんな。実体験を言っているから説得力がある」加藤が言った。

「一億の資産があっても、今は一口をむせないで飲むのが精一杯ってところですもんね」

「おっ、一に引っ掛けた名言だな。明石もたまには的《まと》を射たことを言うじゃないか」

「加藤先生、失礼しちゃいます」と悠美が言うと、また笑いが起きた。この時間帯に廊下を歩いていると、摂食機能療法学講座の医局からたびたび笑い声が聞こえてくる。

「堀越さんから、よくそこまで話を引き出したね」加藤は、里佳子の方を向いた。

「その時、山内先生も一緒だったんです。山内先生が堀越さんの仕事のことを尋ねたのをきっかけに話し始めたんです。私もこれほどのマンションに住める堀越さんに興味があったので、どんなITの仕事をなさっていたんですか、と尋ねたら、もう話が止まらなくなっちゃって大変でした」

　あのさー、と悠美が、空になったティーカップをクルクルと回しながら言った。「それって、冷圧刺激法がどうしたら上手くできるか、と関係あります?」

「そこなんだよなー」と加藤が頭の後ろで手を組んだ。

「そこって、どこですか?」

「相手は、口や喉である前に、人なんだからさ。そのー……」

「なんて言ったらいいのかな、ですか?」

「そうだ。なんて言ったらいいのかな」

「それも!」

「それも山内先生に言われたんでしょ⁉」里佳子が切れ込んだ。

「その通り!」

そこへ愛子と茜が、喜一の病室から戻ってきた。お疲れ様でーす、と皆は声をかけた。

「笑いが廊下に響いてるわよ」と言う愛子も部屋に入る前から笑顔で、機嫌が良いのがわかる。

「また明石が何かしでかしたんでしょ?」茜がそう言うと、その通り、と声が上がった。

「榊先生はストレートで、山内先生はミルク入りコーヒーでしたね」里佳子がスッと立ち上がってコーヒーメーカーのところに行った。

「さすが里佳ちゃん。気が利くわ」茜は振り向いた。「明石! あんたも里佳ちゃんを見習いなさい」

「山内先生、私は、アカシアンタではありません。私のことも悠美ちゃんでお願いします」

「そう呼ばれたかったら、自分の空になったカップにお代わりをする前に、先輩に気遣いをしなさいっつの」

そう言われた悠美は、笑い声に包まれた。

茜は、加藤の後ろを過ぎるとき、そっと言った。

「さっきは、アリガト」

(10) バブル

翌日の夕刻、愛子と茜の二人は、近藤喜一の病室を訪れた。

喜一は、モニタリングルームに移されていた。ナースステーションの真向かいに配置されている扉のガラス窓の大きい病室だ。

ナースステーションにいる看護師長の井上に向けて、これから近藤先生を拝見します、と愛子は挨拶をした。

「微熱は相変わらず続いていますが、検査値上の変化はないです」井上の報告に、二人は、ほっと胸をなでおろした。

「看護師が部屋に訪れるたびに、背中が痛い、胸が苦しいと訴えていらしたのに、今日は一切何もおっしゃらず、とても穏やかです。鼻歌まで歌っていらっしゃいます」

「まあ、何の曲でしょう?」愛子が訊いた。

「すごい男の歌です。昔のコマーシャルソングだから、先生たちは知らないでしょうね」

「すごい男の歌?」

「別名、ビールをまわせ……です」井上の瞳の奥が光った。

それを聞いて、茜は一瞬、息が詰まった。師長は、内密診療のことを知っている。そうか、と茜は昨日のことを思い出した。面会にみえた紗栄子さんが、ナースステーションで声をかけられていた。声をかけたのは井上師長だったんだ。師長と話している間、私たちにビールの痕跡をなくす時間を稼いでくれた。そもそも師長からすれば、近藤先生が瀬田教授だけを呼んだ時点で、ビールをお願いしたな、と推測できたにちがいない。近藤先生と師長は、長年職場を、あ・うんの呼吸で共にしたのだから。

二人は、井上にお辞儀をして、向かいの部屋に入った。

喜一は、おう、といつものように挨拶代わりに声を発した。ビールのことは何事も無かったかのように触れない。

昨日はありがとう、くらい言ってよ、と茜は思ったが、内密だったのだから、そんな見返りは求めちゃいけない。ぐっと胸にしまい込んだ。

お加減はいかがですか、と愛子が声をかけると、いつものようにリクライニングされたベッドに仰向けになっている喜一は、うん、と応えた。そのまま天井を見ている。

「どうして摂食機能療法科ができたんだろうね」喜一が訊いた。

いきなり、どうしちゃったんだろう、と茜は思った。

「私の大学院入試の面接担当は、当時歯学部長でいらした大川久善《おおかわひさよし》先生でした」愛子が戸惑いなく言った。「他の講座入学希望者の面接時間は十分くらいだったのですが、私の面接は四十分以上になりました。でもそのほとんどは、質問ではなく、摂食機能療法学講座を創った経緯についての説明だったんです」

「ほう」喜一は、頭をこちらに回した。

初めて聞く話だわ、と茜も愛子を見た。

「摂食機能療法学講座が創設されたのは、二年前の四月です。その一年前に大川先生が新しい講座を創ることを、教授会で押し切ったんだそうです。超高齢社会と疾患多様化の時代を迎えて、従来の歯科医療の枠を外して新たな診療科の創設が急務と唱《とな》えました。

歯科は、従来から歯の形態を元に戻すような形態回復が歯科治療の柱でした。形態回復を活かすためには、機能がしっかりと伴わないと治癒したとは言えない。これからの歯科医療は形態回復と機能回復が両輪になる必要がある。ただし高齢者歯科だと高齢者のみが対象になってしまう。障害者歯科だと障害児が対象になってしまう。そこで年齢の垣根のないところで、しかも機能に重点を置いた講座を立ち上げたいと考えたそうです」

茜は思わず、へえーそうなんだ、と声を出した。

「もちろん、そんな前例のない講座を創設することには、反対意見も多かったそうです。大学の運営上、どの事業も削減の中で、増員拡大することは、身の程知らずだと言われました。しかし大川先生には根拠があって、ある人物に目をつけていました」

「それが瀬田先生だったんですね？」茜が身を乗り出した。

愛子はゆっくりと肯いた。

「国立の新潟医療保健大学に、そこにしかない摂食嚥下《せっしょくえんげ》リハビリテーション外来があって、多くの患者さんを集めていました。担当していたのが瀬田先生でした。瀬田先生は、北斗大学の卒業ですから、そのあたりの情報は、同窓会の新潟支部から大川先生に入っていたんだそうです」

「摂食嚥下リハビリテーション外来か……瀬田君は何でリハビリテーションを心得ていたんだろう?」喜一は、頭をまた元に戻して天井を見た。

「瀬田先生が新潟に勤務していたのは五年間で、その前に城東リハビリテーション病院に三十歳代の十年間勤務なさっていました。そこでリハビリテーションを学ばれたのではないでしょうか」

「ああ、城東リハビリテーション病院か。城《じょう》リハだね」

「ご存知なんですか?」愛子が喜一の顔を覗き込むようにした。

「あの病院はね、消化器内科の教え子が役人になって、東京都衛生局に勤めていた時に建てられた病院だ。当時は、リハビリテーションの専門病院は都内になくてね。熱海だとか石和だとかの温泉病院がリハビリ病院だった。都内で初のリハビリテーション専門病院という触れ込みで出来上がった病院だ」

「そうだったんですね。その辺りのことは、瀬田先生はお話にならないんです」

「そうか、そんなもんだろうな。だったら僕が知るところを話そう」

喜一は、軽く息を吸ったかと思うと、大きく咳を一つした。そして体をよじり、二人の方を向いた。

「バブル景気というのがあってね。東京都も未曾有の好景気の時流に乗って、当時は採算の合わない、でもこれからの時代には必要とされる病院としてリハビリテーションの専門病院を創設したんだ」

「バブル、って父から聞いたことがあります」茜が言った。「土地を転売して一夜にして億万長者が誕生したり、一千万円級の高級車ばかりが売れたり、銀座のクラブのママはお客さんにハワイのゴルフに誘われたりしたとか」

「君たちは、そんな時代を経験しなくてよかったね。経験したら人間がダメになる。普通に考えれば当然のことだが、好景気は続くものではない。間もなくバブルは弾《はじ》けた。ジェットコースターで急降下するように地価は下がり、景気は谷底に落ちていった。倒産が相次ぎ、採算の合わないものはどんどん無くされていった」

「銀行や証券会社が倒産したんですよね。銀行が倒産なんて考えられませんけど」茜の言葉に愛子が肯いている。そのあたりのことは、愛子も聞いたことがあるのだろう。

「城リハもその対象になった。都知事の選挙公約で建てた病院だったから病院自体を無くすわけにはいかなかったが、設備と人員の削減は始まった。設備投資については衛生局の管轄で予算縮小を断行していったんだが、人員削減についても衛生局委託になった。衛生局に全てを尻拭《しりぬぐ》いさせることにしたんだろう。僕の教え子は、病院側との交渉の矢面に立たされて苦しんでいたよ。創り上げる時は、皆調子のいいことを言っていたが、いざ下降線を辿るとなると責任をこっちに押し付けてくるってね」

そこで喜一がまた咳を始めた。

茜は、ベッドに歩み寄り、マットと喜一の背中の間に手を入れた。

「先生、苦しかったら無理にお話をなさらないでいいですよ」茜は、喜一の背中をさすった。「でも、やっぱりお話を聞きたいです」

茜はどうしても聞きたかった。聞くのは今しかないとも思った。

喜一の顔から微笑みが漏れた。

「これが遺言になるかもしれんからね」

「そんなことおっしゃらないでください。ヨダレ鶏に招待してくださるんじゃないですか⁉」愛子が間髪入れずに言った。

愛子さんは、どうしてもヨダレ鶏が食べたいのね。茜は、愛子の真剣さを可愛らしくも感じながら、喜一の呼吸が落ち着くのを待った。

喜一は、もう一つ咳をしてから、再び話し始めた。

「城リハには、リハ科以外にも色々な診療科があったが、不採算な部門だった婦人科、神経内科、皮膚科を外し、眼科、耳鼻咽喉科を常勤から非常勤にした。ところがそこで抵抗したのが、消化器内科だった」

「消化器内科？」と愛子と茜が声を合わせた。

「そう、そこには僕が医局からドクターを送り込んでいたんだ」

「抵抗したのは、北斗大学医学部消化器内科の近藤喜一教授だったんですね？」茜が少し声を高めた。

「そうだ、僕だ。リハ病院は医科の病院なんだから、医者を減らす前に歯医者をなくすべきだ。そもそもリハ病院に歯科の需要があるのか、と喰ってかかったよ」

「えーっ、ひどーい」

茜がそう言うと、近藤は声を出して笑った。笑ったはいいが、呼吸が乱れて咳となった。ベッドサイドのテーブルに置いてある酸素飽和度を測定するパルスオキシメーターの値が下がった。基準値より下がると警告音が鳴る。それはナースステーションにも送信される。ギリギリのところで、値は下げ止まり、徐々に上がって正常値に戻った。

「ありがとう、もう大丈夫だ」喜一が茜に言った。そっと茜は背中から手を離した。

喜一は続けた。「その時、教え子は、歯科は絶対に城リハから無くさない、と頑として譲らなかったんだ」

「なぜですか？」また二人の声が合った。

「歯科は採算が十分に合っていたんだよ。それに加えて、歯科は入院患者だけではなくて、退院した患者にも診療を継続していた。他の診療科は、退院の時に紹介状を書いて地域の診療所に任せるのが通常だった。ところが入院患者から相次いで、退院後も歯科治療を継続してほしいと希望の声が上がったんだ」

「歯科治療継続の希望……」愛子が独り言のように言った。

「毎日、朝から晩まで、外来フロアーの一番奥にある歯科診療室から車椅子の列が絶えなかったそうだよ。そのことは友人も十分知っていた。その歯科医師が……」

「瀬田裕平！」と三たび、愛子と茜は声を合わせた。

「僕はその歯科医師の名前までは知らなかったが、君たちの話で合点がいった。瀬田君だったんだね。巡り巡って今、僕は、瀬田君のお世話になっているわけだ」

喜一は、穏やかな笑顔を見せた。

「今だから言えるが、その教え子の父親が城リハに入院していたんだ。入院中に義歯の治療を受けた。ある日、彼が面会に行ったら、父親はバリバリと音を立てて食べられるようになっていた。それからというもの、やる気のなかったリハビリテーションに意欲を燃やし始めたんだそうだ。彼は、リハビリテーションに歯科は欠かせないと確信した。そういった私情もあって、医師会にも僕にも、歯科を存続させることを頑と譲らなかったんだろう」

「そこまで瀬田教授は、ご存知ないですよね？」愛子が訊いた。

「知らないだろうよ。知っているのは、友人と僕と、君たち二人だけだ。挙句に消化器内科は、城リハからなくなった」

「すみません」なぜか、愛子が謝っている。それを見て、茜は思わず笑いそうになった。本人が知らない運命の流れを自分は知っている。今頃、教授はくしゃみでもしているかしら。

「パイオニアの話は、本人が生きているうちに聞いておいた方がいい。後追いする者の中には、さも自分が全て切り開いたみたいなことを言って回るのも出てくるからね。歴史をきちっと話せない人間は信用ならない」

「瀬田先生は、こちらから訊かない限り話しませんし、訊いたところで陽炎《かげろう》を追って捕まえたら消えちゃった、みたいな言い方をするに決まっています」茜が言った。

「カゲロウ？」今度は喜一と愛子が声を合わせた。

「いや……あの……はぐらかすというか、人に信じ込ませるような冗談を、平気で通し続けることがあるんです」

「そうか。瀬田君はどこか間が抜けているからな」

　愛子と茜は、目を合わせて、ほくそ笑んだ。

「君たちがしっかり、補佐をしてあげなさいよ」

「はい！」二人は大きく肯いた。

　陽がすっかり落ちて、窓から見えるビル群の灯りが煌々とし始めた。その中で、東京タワーが、ほっこりさせるような冬の輝きになっている。

　茜は、東京タワーに寺木潤吉《てらきじゅんきち》の立ち姿を重ねた。昨年、瀬田と研修医の自分が、訪問診療を担当した患者だ。場所は、荒川鉄橋を超えた埼玉県の蕨《わらび》だった。そこまで重たいボストンバッグを肩にかけながら行くのは面倒なことだった。しかし、何度も通う内に、蕨駅と潤吉宅までの道を、いつまでこうして歩くことができるだろうと思うようになっていた。

今、思っている。この病室に、あと何度来ることができるだろう。

⑪ 汗

「おう、コウタ。久しぶりだな」

十和田幸太朗は、四階の連絡通路に向かうところの廊下で声をかけられた。振り返ると、審美歯科の職員用の扉が開かれ、同期の小野誠也《おのせいや》が立っていた。

「何、朝からそんなに汗かいてるんだよ」

十和田は、桑野修一に付いて、医科病棟に義歯の治療に行ってみたものの、切削器具を忘れてしまった。病棟から診療室へ器具を取りに行き、病棟に戻るところだった。

「医科病院の連絡通路を行ったり来たりしているみたいだな。物品の搬送係かよ」

「搬送係？　ああ、そんなもんだ」確かに、連絡通路に続くこの廊下では、いつも肩からボストンバックを下げて、小走りにしている。それをこのフロアーの審美歯科、矯正歯科やインプラント診療科が、目に止めているのだろう。

「摂食で研修すると、技術より体力がつくんじゃないの？」

そんな噂になっているんだな、と十和田は肩を落とした。

「花岡教授は、研修医の数に制限はあっても、医局員の数に制限はないと言ってたぞ。俺も来年、このまま審美に残るからさ。四月から一緒にやろうぜ。ホワイトニングすると、患者にすごく喜ばれるぞ」小野の瞳が音を立てるが如くキラキラとしていた。

「そうだろうな」

クリーニングは、歯の表面に付着した色素や歯垢を取り除くが、ホワイトニングは歯そのものを白くする。歯の黄ばみや、老化による変色を、過酸化水素を含んだ薬剤を歯の表面に塗布し、歯の最表層のエナメル質から下層の象牙質にまで浸透させる。そこで、医療用光学機器により光照射をして化学反応を起こし、象牙質の色を白くすることで、歯全体が漂白されるのだ。ホワイトニングは、治療というよりも美容なので、健康保険はきかない。

小野は、ホワイトニングを、すでに十人以上の患者に施したらしい。自信のようなものが感じられた。研修医として同じスタートラインに立ったはずなのにな、と十和田は思った。

「俺、病棟にコンパクトエンジンを持っていかなくちゃいけないんだ」

「ああ、搬送係だもんな。頑張れよ」

そう言われて十和田は、額に浮かんでいる汗を人差し指で拭い、連絡通路に向かった。

今日一日、十和田の指導医は桑野である。午後からは、江戸川区の小岩に訪問診療だ。

義歯を新しく作るために、咬合採得《こうごうさいとく》と呼ばれる噛み合わせを取る処置を予定していた。その際には、蝋《ろう》(ワックス)を使うので、軟化するのに火が必要である。アルコールで火を焚くトーチ、その名もアルコールトーチが必要だった。しかし、十和田は、そのトーチをバッグに入れ忘れてきた。これでは、今日の歯科処置は全くできない。

「このまま帰ったら餓鬼《がき》のお使いだ」と桑野に怒鳴られた。

荒くした息を吐き切った桑野は、部屋を見回した。

見つめた先にあるのは、石油ストーブだ。桑野は、よし、と気合を入れると、ワックススパチュラを持って、その先端をストーブにかざし始めた。ワックススパチュラは、その熱でワックスを軟化したり溶かしたりして、成形する金属製の技工器具だ。

上顎と下顎のそれぞれのアーチに適合したワックスを、あらかじめワックススパチュラで軟化させてから口腔内に入れる。噛む時に、前歯部から臼歯部まで均等に圧がかかるようにするのだ。

「やる気のない研修医がつくと何かと忘れ物が多い。苦労させられるぜ」と十和田は、桑野に嫌味を言われながらの診療になった。

石油ストーブに正対し、スパチュラを火にかざす。先端が赤くなるまでスパチュラを熱し、ワックスを軟化する。冷めて硬化する前に、素早く口腔内に挿入する。その患者は、ベッドの背もたれを起こして座っている。患者に噛み締めてもらうが、最初のうちは、前歯部から臼歯部にかけて不均衡な噛み合わせになっている。桑野は中腰になって、不均衡具合を目視《もくし》し、過不足を判断したところで口からワックスを取り出す。スパチュラを再び火にかざし、ワックスを溶かしながら成形をする。それを幾度となく繰り返し、患者の元来もっている噛み合わせの高さに近づけていく。

ストーブに正対しているだけでも暑いが、座ったり中腰になったり、治療上の緊張も加わっているので、桑野の額からは、滝のように汗が流れていた。

「先生が、これだけ汗水流してくださっているんですから、最高級の入れ歯が出来上がることでしょう。おじいちゃん、ありがたいわね」

と患者の妻が言った。

「冬だからストーブがあって良かったですね」大学への帰路、小岩駅前の広場で、十和田が言った。

「馬鹿野郎、あれほど言っておいたのに、トーチを忘れやがって」

十和田は首筋にかかった髪を払い、すんません、と彼なりの反省を見せた。

「内科訪問であれば、聴診器をあてて薬を処方すれば、ものの五分もあれば済むだろうが、歯科は、診察ではなくて処置だからな。どうしても直接手を下さなくてはならないし、どんな歯科治療も三分や五分で済むものなんて無い。三時間待たせて三分間診察なんて、歯科じゃあり得ない。どうしても治療用器材が必要になるから、器材を忘れるのも仕方がないといえば仕方がない」

「面倒ですね」

「これが面倒なんて言ってたら、歯科自体が成り立たないだろ」

「いや、訪問診療だから面倒なんスよ」

ふん、と桑野は鼻息を鳴らした。

「審美歯科で研修している小野誠也から聞いたんですけど、一本の歯をホワイトニングすると、訪問診療の十回分の診療報酬になるんスよ。一本で済むはずもないし、複数歯となれば、もう摂食と比べるのも馬鹿馬鹿しいっス」

「馬鹿馬鹿しいか……」

「桑野先生は、なんで、こんな割の合わないことやっているんスか？」

桑野はそれを聞いて声を出して笑い、なんでやってんだろうな、と空を見上げた。ずいぶん陽が短くなった。これからJR総武線に乗って、大学に着く頃には陽は落ちきっているだろう。

「実は、摂食機能療法学講座に入局して間もなく、教授に付いた訪問診療で、俺もアルコールトーチを忘れたことがあるんだ」

「そうなんスか？　僕のこと責められないスね」

ふん、とまた鼻で息を吐いたあと、まあそうだけどな、と言って桑野は続けた。

「その時は、夏だった。火はどうしたと思う？」

「夏じゃ、ストーブはありませんもんね」

「キッチンのガスコンロを使わせてもらったんだ。スパチュラをコンロで熱してワックスを軟化し、冷めて硬化しないうちに患者が横になっているベッドまで走った。それを何往復もした。ご老人の家ってのは、クーラーを効かせないんだ。サウナの中で火を焚いて、その上ランニングしているようなもんだった」

その状況が、十和田には手に取るように浮かんだ。

「帰り道は、瀬田教授に申し訳なくってさ、お前みたいに、ガスコンロがあって良かったですね、なんてとても言えなかった」

「いや、僕も教授には言えないスよ」

「お前なら言えそうだけどな」

「いや、そんなことはないス。こう見えて相手と立場をわきまえていますから」

「ケッ、俺には言えるってか」と桑野は、苦笑いをして見せたかと思うと、数歩行ったところで穏やかな雰囲気になった。

「その時の診療を終えて帰る道で、教授に言われたんだ」

「なんて、ですか?」

「白衣を着ているからって涼しい顔で、すましていることはない。桑野君、これからも白衣の下にびっしょり汗をかこうぜ、って」

「汗……ですか」

「俺、その時、思わず目から汗が出ちゃってさ。教授の背中に隠れたよ」

二人は、小岩駅の改札を抜けた。

汗が引いた後の木枯らしは冷たかった。襟を立てても同じだった。

(12) 二日市保養所《ふつかいちほようじょ》

水曜日の朝が来た。

山内茜がゼミナール室に駆け込んできて、後方席の加藤英明の隣に座った。そこへ前方の扉が開き、瀬田が背中を丸めて、遅れてスマン、と言いながら入ってきた。発表者の榊愛子が、スクリーンの横に立つ。ここまでは二週間前の診療検討会と全く同じ構図だ。

おはようございます、と言って、愛子は額《ひたい》にかかる前髪を耳にかきあげた。

「前回から持ちこされた課題です。近藤先生が食道アカラシアにバルーン拡張法を行なったキッカケについて、正解を報告いたします」

加藤は、二週間前、こんなこと本気で議論することか、と思っていた。今は、その答えを聞きたいと変わっているのが、自分でも不思議だった。

「前回出された皆さまの推理を整理いたします」愛子は一つ咳払いをした。「私の推理は、一九七〇年代に普及したTPN中心中脈栄養を、機械的に行う時流に近藤先生は疑念を抱き、患者さんに口から食べてもらいたい気持ちからバルーンを試みた、というものでした」

「榊先生の推理に、里香ちゃんと私が同意しましたから三票ですね」と悠美が仕切り始めた。

「山内さんの推理は、近藤先生はＴＰＮができなかったのでバルーンを試みた、ということでした」愛子が茜を見た。加藤が隣を向くと、茜が肯いていた。

「これには、ジュウ和田が同意見でしたかから二票です」悠美が続けた。

「ト和田なんですけど」学生時代から同級生女子にジュウ和田と呼ばれて続けてきた彼は、時々訂正を促《うなが》すが、訂正されたことはない。

「二日酔いの勢いでエイヤーってなもんでバルーンをやらかしてしまった、というのが桑野先生の推理でした」愛子は、至って真面目な顔を桑野に向けた。

「やらかしてしまった、って俺そんな言い方したか？」

「立派な推理だと思います」

ふん、と桑野は鼻息を返した。

「加藤先生が桑野先生の推理に同意してしまいましたから二票ですね」悠美が振り返って加藤を見た。

「はい、同意してしまいました」加藤が応えた。

「してしまった、ってなんだよ。立派な推理なんだぞ」桑野も振り返り、加藤と悠美を睨《にら》みつけた。

悠美が、桑野の視線に向かって手を挙げた。「これって正解者は、外《はず》れた人からご馳走をしてもらうことにしましょう」

「ナニッ⁉」桑野が叫んだ。

「いいわよ、明石。受けてたつわ」茜が肘打ちを加藤にした。イテッ、なんで俺にだよ、と加藤が二の腕をさする。

桑野と加藤以外から、それはいい、と声があがりパラパラと拍手が起きた。

「オイ、オイ、それって、不謹慎なんじゃないの」桑野が言った。

確かにそうだ。生き死に関わるような問題を賭け事の題材にするなんて不謹慎だ。この中で、まともな感覚なのは断然桑野先生だ、と加藤は二週前と同じ思いを起こした。

愛子は、桑野の言葉に反応せず、最前列の端に座る瀬田に体を向けた。「教授のご意見は、検討会は二週間に一度にしよう、で今回の課題から外れていましたので、白票とします」

どっと笑いが起きた。瀬田は、拍手の手を止め、そのまま固まった。


この二週間、愛子は毎日、喜一の部屋に訪れ、口の中の衛生管理をしていた。口腔ケアである。

何が発端だったか、いつの日だったかはっきりと記憶にない。その日、聞き出そうと思ったわけでもない。ベッド上の喜一は、天井に目をむけたまま、抑揚《よくよう》なく、とつとつと話し始めた。

「僕は血を見るのが嫌でね。今更、虚勢を張っても仕様が無い」

愛子は、腰をかがめて耳を近づけた。

一九四〇年、喜一が十九歳の時に、太平洋戦争が始まった。一九三二年の日支事変以来、戦争による医師不足を解消するために、医専と呼ばれる臨時医学専門部が、医学部に並列して設置された。

医師資格取得の簡素化政策が取られたのだ。

医学部の入学資格は高等学校卒業だが、医専は中学卒業で受験資格があり、授業料は医学部の三分の二だった。修業年限は医学部が五年に対して医専は四年、さらに太平洋戦争の開戦と同時に三年半になった。

両者の相違は歴然としていた。

医専への志願者数は盛況であったが、医学部は東京大学や京都大学を除いて、軒並み定員ギリギリか、定員割れの状況になった。

喜一の親は、喜一をあえて医専ではなく医学部に入学することを強硬に勧めた。

この戦争は、いたずらに長引く。近いうちに学生であっても召集を受ける。その点、医学を専攻すれば、学生で召集されることはない。しかし医専は、卒業した後、軍医として徴兵を受けてしまう。医学部は、内地の後方支援となり、前線に立つことはない。それに卒業するのに五年かかり、長引いたとしてもこの戦争は、五年は持たない。

これが、喜一を医学部に入学させた理由だった。しかし、医学部在籍中の喜一は、医学書よりも文学書を愛好していた。医師への志は、特になかったのだ。

父の予想通りに、長崎大学医学部最終学年の年に終戦を迎えた。翌年の四月に、医専から大量に医師が輩出されたものの、終戦直後の日本には、それら医師を受け入れるだけの病院は、全く不足していた。

喜一は、狭き門に競い合って就職する気などなく、とりあえず医療に携《たずさ》わり、父の面子《めんつ》を立て、いずれ東京に出て報道関係の文筆の仕事に就きたいとの思いを密かに膨らませていた。

とりあえずの就職が、福岡県の二日市保養所だった。

そこは就職希望者が他におらず、申し込むと同時に採用が決まった。しめしめと、ここで一年くらい身を潜めながら、東京進出の機会を伺おうと目論んだ。

しかし、喜一の目論見《もくろみ》は、甘かった。甘過ぎた。

終戦直後、満州や朝鮮半島に在住の日本人は、財産の略奪、強制連行、虐殺される者などが少なくなかった。このことは、日本陸軍が満州国建設や朝鮮半島を統治下にした時、現地住民に施したことへの見返りなのかもしれない。

「人が成す業は、大小問わず、因果応報、お互い様だ」

と愛子に話す喜一は、自分に言い聞かせるようでもあった。

中でも女性は、ソ連兵、中国人、朝鮮人に度重なる強姦を受け、妊娠をしたり性病にかかったりした者がいた。引き揚げ船に乗ってやっとの思いで祖国の地を踏めるというところまで来て、博多港で投身自殺を図る女性もいた。

「保養所と聞いたから、温泉につかりながら傷を癒すようなところかと思っていたんだ。そうしたらとんでもない。被害に合った女性の堕胎手術や性病の治療をするところだった」

喜一の話が進むにつれて、愛子の頬はこわばっていく。

保養所では、麻酔薬もろくにない診療だった。帝王切開したところが化膿し、異常出血をする場面を目の当たりにした。しかし、女性たちは泣き声一つ立てずに手術に耐え、保養所を出るまで無言だった。喜一は、二人の熟練した医師につき、補助にあたった。

「何というところに来てしまったんだ、という後悔すら浮かぶ余裕がなかった。本当にショックなことが目の前で起こると、悲しみは凍結してしまって、感情がなくなるんだよ。水子達は生きたくても生きられなかった命だ。感情など持ってしまったら分娩台の横には立っていられない。僕は、感情のない鬼になるしかなかった」

近藤先生の話を真に理解することはできないかもしれないが、絶対に聞かなくてはならない、と愛子はベッドの柵を両手で握った。

二日市保養所は一年間続いた。終戦宣言は一九四五年八月十五日だが、すぐに日本に引き揚げることができたわけではない。軍人や軍属の帰還が第一優先され、民間人は第二優先とされた。満州や朝鮮半島に移住した六百万人以上の日本人が帰還するのに、四年を要した。女性たちには、終戦後も長々と敗戦としての戦争が続いていた。

年が暮れようとした時、堕胎手術を終えた一人の女性が、喜一に目を合わせて言った。

「ありがとうございました。一緒に泣いてくださって」

喜一の目から、自分では気づくことのできなかった一筋の涙が流れていた。その時、初めて知った。無言でベッドに横たえた女性たちは、心の中で泣き叫んでいたのだ。

なぜこんなになるまで、国民は戦争に反対することができなかったんだ。

喜一が保養所に勤めて、最初に起きた感情らしい感情は、悲しみや恐れではなく、怒りだった。「一人の命は全地球より重いだ、かけがえのない命だ、というセリフを聞くと、耳触りの良い言葉遊びにしか思えない。お国のために一億玉砕だと戦地に送り込まれ、命が紙屑同然にされるときもあったんだ」喜一は、息をゆっくりと吸った。胸が少し膨らんだ。「僕に至っては、水子を作る手助けをいくつしてしまったというんだ」

この時だけ、喜一の声が部屋の隅にまで届いた。

二日市保養所が閉じられると、喜一は東京に行かず、母校の長崎大学に戻った。このまま医療の世界を離れ去ろうとする自分が、許せなくなっていた。

二日市保養所の一年間で、医者として一生分の血を見たような気がした。麻酔がろくに効いていない体にメスを入れ、縫合し、止血。巧みに、しかも機会的に外科医としての手は動くようになった。でも、もう血は見たくない。

喜一が北斗大学医学部の教授に就任したのは、大阪万博が開催された一九七〇年のことだった。従来から点滴といわれる末梢静脈栄養は、上腕部に針を刺して栄養を送るものである。この方法は、十日ほどが限度である。十日の間に経口摂取が果たせなければ、死を覚悟しなければならない。

そこへ鎖骨の下を走行する中心静脈にカテーテルを挿入し、それを血管内に留置する方法がとられた。抹消血管よりも多量の栄養を送り込むことができ、その都度針を刺す必要がないので、長期の管理が可能となったのだ。中心静脈栄養は七十五年から、日本に本格的に導入され、公的医療保険に収載されると、瞬く間に普及していった。

そのさなか、食道と胃の境界である噴門部が開かず、通過障害を起こしている六十歳の女性を喜一は担当することになった。

食道アカラシアだった。

喜一は女性に、噴門部の手術をするか、TPNで栄養を確保するか、この二つしか生き延びる方法のないことを、淡々と説明した。

「先生、お願いですからこのまま、あの世に行かせてください。もう、お腹は切りたくない。あの世に行って、水子にしてしまった我が子に謝りたいの」

「水子？」喜一の動きが固まった。

女性の口からこぼれたのは、二日市保養所だった。彼女は、保養所で堕胎手術を受けていたのだ。

「人生六十年で十分よ。六十年、精一杯やり抜いてこられたんだもの。唯一やり残したことは、赤ちゃんにお詫びをすること。だからこれ以上、生きながらえるつもりはないの」

三十五年前に、感情のない鬼となってひたすら堕胎手術に手を貸すしかなかった。ここでもまた自分は、この女性を感情のないまま機械的な扱いをして見送るしかないのか。抹消点滴になって一週間が経つ。女性は、二、三日中に低栄養と脱水状態になり、死を迎えることになるだろう。

手術はできない。TPNは設置できない。どうする⁉

「これを鼻から通します」咄嗟に喜一が手にしたものは、ベッドサイドに滅菌パックされて置かれていた尿道バルーンカテーテルだった。

予期しない唐突な喜一の仕草と物言いに、女性は、なんのこと？　ときょとんとしている。

「赤ちゃんに謝りたいのは、僕だって同じです」

喜一は、自分が二日市保養所に勤務していたことを告げた。

「僕は、赤ちゃんを死なせた鬼であるばかりか、お母さんを死に導く死神になってしまう」

「お母さん？」ベッドに横になっている女性の瞳の中が、揺らいだような気がした。

「鬼の目にも涙、死神の心にも情があります。噴門部でバルーンを膨らませ、狭窄した食道を開かせます。やらせてください」

広げて通らないものは切るしかない。二日市でさんざん施《ほどこ》してきたことだ。まだここでは、広げようとすらしていないじゃないか。

「あなたの血はもう見たくありません。これからしようとしていることは、手術ではない。そして点滴でもありません。これで食事が通らなければ、僕は死神となって、行く末地獄に落ちることを覚悟します」

喜一には勝算があった。

口腔から噴門部までの距離は、胃カメラ検査の時に把握している。その距離までカテーテルを挿入すれば狭窄部に達し、抵抗が手指に感じられるはずだ。そこからさらにひと押しして狭窄部を通過させ、狭窄部を通過しきれば抵抗がなくなる。そこでバルーンを膨らませ、ゆっくりと引き抜く。バルーンが、噴門部の拘縮した筋を物理的に広げてくれる可能性は大きい。できるはずだ、いや、できる！

女性が、ベッドから背中をあげた。

「先生のこと、鬼とも死神とも思ってやいませんよ」掛け布団をよけ、膝を折り、ベッドの上で正座をした。喜一を正面にすると、お願いします、とその女性は言った。

「私、お母さん、て呼ばれたの……初めてよ」女性が見せた初めての笑顔だった。

尿道バルーンカテーテルが、喜一の手から女性の口に挿入された。

愛子は、ベッドの柵から手を離し、立ち上がった。

忘れてはならない。忘れないように記しておかなくてはならない。医局に持ち帰って、皆に伝えなくてはならない。使命感のようなものが沸いていた。

「近藤先生、ありがとうございました」

喜一は、目をつむっていた。

（13）　ご名答

「……ということで、バルーン拡張法を施した理由は、桑野先輩、山内さん、そして私の三つの推理のどれに当たるでしょうか？」

愛子は、喜一から聞いた話を伝え終えて、皆に問いた。

誰も声を出さない。うつむいている者、天井の一点を見つめている者、両手で顔を覆っている者、いずれも動きが止まっている。

沈黙の中を、桑野が大きく咳払いをした。

「これって、誰も当たってないいんじゃないか⁉　だから誰もご馳走したりされたりすることはない、ということだな」桑野は笑顔と共に、一人頷いている。

反対に、悠美は唇を尖らせている。「絶対に榊先生の推理が当たっていると思ったんですけど」

「手術か、ＴＰＮをするか、この二つしか生き延びる方法のないことを、近藤先生は、最初に患者さんに勧めています。ですから、何とか口から食べてもらいたいという思いでバルーンを試みた、という私の推理は当たりません」愛子が自らの推理に判定を下した。

「素直でよろしい。誠に残念だが、榊の推理は不正解だった」

桑野の言葉に悠美の唇はますます尖って、上唇は鼻にくっついてしまっている。

「神林教授から聞いたところによりますと、近藤先生は、ＴＰＮが保険医療に導入される前から、それを独自に実施していたんだそうです。ですので、近藤先生はＴＰＮができなかった代わりにバルーンを行なった、という山内さんの推理も当たらないことになります」

「そうだ、全くその通りだ。山内の推理も大不正解だ」桑野が先ほどよりも大きく頷いている。

「桑野先生、大は余計です」茜も唇を尖らせた。

ただし、と声を響かせ、愛子が背筋をピンと伸ばした。

「近藤先生は、一九七〇年にＴＰＮが日本に紹介された時に、いち早くそれを実施しましたが、その後は自らＴＰＮをなさらなかったんです」

「なぜですか？」茜が訊く。

「ひとたびＴＰＮが設置されると、それに代わる医療的ケアがされなくなっていきました。ＴＰＮが普及すればするほど、寝たきりの患者を増産させる結果になっていたわけです。近藤先生は、教授の自分がＴＰＮをしてしまったら、そうした時世に拍車をかけることになると考えました」

「なんとか口から食べてもらいたい、という思いまではなかったかもしれませんが、機械的にＴＰＮにしてしまう時流に疑念を抱いていたことは確かですね」ポニーテールを揺らしながら、里佳子が言った。

その言葉に愛子は肯いた。「近藤先生は、ＴＰＮそのものを否定していたわけではありません。ＴＰＮを行なった医者は、最新の手法で命を救った気になっていたかもしれませんが、患者をその先がない人生終着駅に到着させたような扱いにしていることに納得ができなかったんです」

「それって、榊先生の推理が、半分正解ということになります！」悠美が言った。

「ちょっと、待てよ。半分正解ってなんだよ。正解扱いにする気だろ」桑野が背中をよじった。

さらに、と言って愛子は続けた。「近藤先生は、自分はＴＰＮが出来ない、と周囲に宣言していたんだそうです。宣言することで、ＴＰＮに頼らずに消化器内科としての可能性を模索する姿勢を若手に見せていたんです。もちろん、必要があればＴＰＮを選択していましたが、その時は若手医師にさせていました」

やったー、と十和田が両手をあげた。「それって、ＴＰＮは出来ない宣言してたんスから、山内先生の推理は正解じゃないスか。出来ないからバルーンカテーテルを思いついたんですよ」

「流行に従わないのは、天邪鬼《あまのじゃく》か、流行の作法自体ができない、どちらかに決まっているから正解して当然よ」と言って茜は、口の前に両手を合わせてメガホンを作り、桑野の背中に向けた。「私の推理は正解でしたー」

「本当はＴＰＮができるけど、ＴＰＮは出来ない宣言していたので、山内先生の推理も半分正解ということになりますね」悠美が言った。

「そういうところは、するどいわね。まあいいわ。ご馳走の件は、私とあんたで、半分正解同士で痛み分けということね」

「待て、待て。それは、こじつけだろう。半分も何もない。不正解は、不正解だ」それは、に小節をきかせて桑野が言った。

「こじつけでは無いです」「こじつけでは無いです」悠美の後に里香子も続いた。

「そんなとこ、輪唱《りんしょう》するな！」桑野の唇が尖《とが》り始めた。「加藤、お前もなんとか言えよ。このままだと、俺とお前の二人で、こいつらにご馳走しなくちゃならなくなるぞ！」

いやー、と加藤は首筋の後ろを掻いた。「この推理合戦は、初めから僕らに勝ち目はありませんでしたから」

桑野は二の句が出ない。

「桑野先生、加藤先生、ご馳走さまでーす」悠美が手を叩くと、周囲からも拍手が沸いた。

「しかし……」拍手に割り込むように、愛子が言った。「話の最後に、近藤先生は、ボソッとおっしゃいました。バルーンを試みた前の日に、長崎大学時代の旧友が東京にいらして、調子に乗って飲みすぎてしまったんだそうです。尿道バルーンカテーテルを握ったのは、残り酒の勢いもあったかな、と」

なにー⁉と桑野が叫ぶ。「だったら、それ先に言えよ。俺の推理がストレートに正解じゃん！」

「やりましたね。桑野先生、おめでとうございます」加藤が桑野に拍手を送った。

「でもお酒の勢いだけが理由ではありませんから、桑野先生の推理も、よくて半分正解といったところですね」里佳子が言った。

「よくて、ってなんだよ。いちいちお前たちはひっかかるよな」と言いながら、桑野も笑顔になった。

「したがって、三つの推理はどれも正解ということで、よろしいでしょうか？」愛子が見回すと、皆は拍手をしながら肯いた。

これでなんとか一件落着だ、と加藤は、ほっと胸をなでおろした。しかし、拍手の後の沈黙が異様な雰囲気をかもしだしている。前を向くと、愛子が、瀬田をグッと見つめていた。隣では、茜も瀬田の背中を凝視している。自分以外の皆が瀬田に視線を向けていた。

瀬田先生、と愛子の透き通るような声がした。

「はいっ」瀬田は思わず背筋をまっすぐに伸ばした。悪さをした子が、お咎《とが》めを受ける直前のようで、加藤は笑いそうになった。

「ご馳走になります」

愛子の言葉に、瀬田は、やっぱりそうきたか、と言って大きく一つ息を吐いた。

「僕は白票だった。白票は決定に従います、ということだ。今回の診療検討会の主催者である榊君が決めたことなら仕方がない……ご馳走するよ」

わーっ、と歓声が上がった。

この分だと、水曜日の朝にゼミナール室から響く笑い声や拍手に、摂食機能療法学講座は一体何をしているんだ、とあらぬ評判が立ちそうだ。そう思い、加藤は苦笑いになった。

「だけどサーカキ」桑野が愛子に言った。「これって、摂食機能療法科が遭遇する予期しない臨床場面で、いかに光明を見出すかの教訓になったのか？」

「先輩のおっしゃるとおり、メインテーマはここからです」愛子は、咳払いをして仕切り直しだ。

「今回、皆さんに食道アカラシアに尿道バルーンカテーテルを使ったキッカケについて推理してもらいました。しかし、一つの事柄を色々な角度から追及したときに、どれが正しくて、間違っているかは、たいした問題でないように思うんです」

「たいした問題ではないなら、俺たちに推理なんかさせるなよ！」桑野は、のけ反った。

「皆さんに問題を提起したときは、たいした問題ではないとは思っていませんでした。近藤先生のお話を聴いているうちに、そのように思ってしまったんです」愛子は、申し訳ありません、と腰を折った。「正解か不正解かなんて、立場が変われば、立場の数だけ正解と不正解があります。近藤先生がおっしゃっていたように、命すらその時代や立場によって、紙屑にもなるし地球よりも重くもなるわけです」

愛子は、パソコンのキイボードを叩いた。スクリーンには、厚生省引揚援護庁《ひきあげえんごちょう》保養所と書かれた立て札の木造家屋が映し出された。

「私は、近藤先生が医者になって、最初の臨床が二日市保養所であったことが、全ての起点になっていると思うんです。尿道バルーンカテーテルを使ったのは、その場における一瞬の思いつきです。しかし、思いつきは決して根の葉も無いものではなくて、その人がそれまでどのような経験を積み、思考を培《つちか》ってきたかで生じるものではないでしょうか。二日市保養所の経験がなければ、目の前のカテーテルを見ても、それを使おうとは閃《ひら》めかなかったと思います」

そう言って、愛子は再びキイボードを叩いた。内視鏡と胃カメラがスクリーンに映った。

「咽頭と食道の堺の上部食道括約筋を診るならば、内視鏡を使います。食道と胃の堺の下部食道括約筋には胃カメラを使います。ところが近藤先生は、バルーンカテーテルを挿入するにあたり、内視鏡も胃カメラも使いませんでした。使わないことで、患者の負担を軽くして、カテーテルを下部食道括約筋の狭窄部まで到達させたんです。胃カメラ無しで、狭窄部までの距離をつかんだり、指に伝わる感覚を得たりするには、熟練が必要です。近藤先生には、この熟練が備わっていたからこそ、カテーテルを使おうとの思いつきが生かされたんだと思います」

するとと十和田が手を挙げた。「僕は、榊先生が上部食道括約筋の狭窄にバルーンカテーテルを使っている場面を何度か見ています。その場で食道の入口部が開くようになって、物が通るようになった時はびっくりでした」

「榊、そういうのを紹介しろよ」桑野がすかさず言った。「食道入口部開大不全はしょっちゅう遭遇しているから、そういう場合のバルーン拡張法のテクニックを紹介してくれよ」

ふっ、と愛子は微笑み、うつむいた。

「でも私は、内視鏡を使いながらバルーン拡張法をしています。内視鏡で狭窄部をカテーテルが通過したことを確認しながらでないと不安なんです。いずれ内視鏡を使わずに施せる時が来ましたら紹介いたします」

さらに愛子がスクリーンに映したのは、恵比寿黒ビールの瓶だった。

「近藤先生が酒好きになったことすら、二日市保養所が起点になっています。保養所の毎日は、疲労を通り越して神経が高ぶり、夜は寝付くことができなかった。そこで、毎晩宿舎で一人酒を煽《あお》って眠ったんだそうです」

桑野が、うん、うん、と頷いていている。それを後ろで見ていた研修医の三人が声を出さずに笑っている。

「戦争で全国に八千あった酒蔵は半分以下になり、蔵元や杜氏《とうじ》の多くが戦死しました。さらに原料の米自体が不足していたので、お酒はかなりの高値になりました。その頃の大学卒の初任給が四十円くらいだった時に、二級酒でさえも八円。破格でしたが、近藤先生は、食費を削って日本酒を飲みました。干し芋とお酒だけで、二日市保養所の一年間を生きることができたんだそうです」

「干し芋とお酒で生きられるんスか?」十和田が訊いた。

「生きられるよ」桑野が応えた。「酒には必要かつ十分の栄養素が入っている。俺は、学生時代に親からの仕送りを早々に使い切ってしまった時に、安酒とピーナッツだけで一ヶ月を乗り切った。飲みすぎても、足りなくても駄目なんだが、適度に飲む酒は満腹中枢を満たしてくれるんだ」

「先輩はそこまで経験しているんですね」愛子は真剣に感心している。

「俺が酒好きになったのは、学生時代から榊愛子なんていう始末に終えない後輩に悩まされて、毎日神経が高ぶり、眠れなくて酒を飲み始めた。どうだ、近藤先生に引けを取らないくらい深い話だろう?」

「ということは、先輩のご名答は、私のおかげでもありますね」

ふん、と言って桑野はそっぽを向いた。

「閃《ひらめ》きは、直に見て、聞いて、触れた経験があってこそ起きるんですね」

その言葉、誰が言った？　と皆を黙らせた。十和田だった。

「せっかくの教訓なのに、ジュウ和田が言うとガッカリ！」里佳子が言った。

「ト和田なんですけど」

「それでは十和田君がしっかりまとめてくれましたので、二回シリーズの診療検討会を、これにて終了といたします」愛子はノート型パソコンを閉じ、スクリーンの画像を消した。

前回の診療検討会と打って変わって、今回、榊先生が作成した画像は三枚だけだ。それでも、こんなに検討会を盛り上げられるって凄《すご》いな、と加藤は思った。三枚目のスライドは日本酒ではなくて、なぜビールなのだろうと思ったが、それは訊かないことにした。

(14)　東京會舘《とうきょうかいかん》

愛子と茜が、白いクロスに覆《おお》われた真四角テーブルの隣り合う二辺に座っている。

「ここは、私の特別な場所なんです。今日一日を頑張った自分にご褒美《ほうび》」茜はスプーンをひとさじ口にした。

「それが東京會舘のカレーというわけね」

愛子にはビーフカレー、茜には野菜カレーが置かれている。二人は時折、食事を共にする。今日は、茜が愛子を誘った。

　地下鉄有楽町線の有楽町駅と千代田線の二重橋を繋ぐ地下道は、茜の通勤路だ。地上は国道一号線日比谷通りが皇居の馬場先濠《ばばさきぼり》に沿って走っている。

　濠の対面には重要文化財の歴史的建造物など、どれも重厚感を持って並び建つ。日比谷通りを直角に走る通りを挟み、帝国劇場の国際ビルと向かい合っているのが、東京會舘である。大正十一年十一月に創業し、高級なおもてなしを庶民に提供することをコンセプトに、宴会場、レストラン、カフェテラスなどが収まっている。

　創業直後に関東大震災に被災し、営業中断を余儀なくされた。事業が軌道に乗り始めた出鼻をくじかれる形になった。突き落とされた底から復旧したものの、今度は太平洋戦争に突入し、物のない時代での運営となった。終戦直後はＧＨＱの本部に接収され、受託営業になった。一九四六年に會舘を會舘に名称変更して東京會舘が再興していく。

　會舘で働く者達の気質と誇りは、大正、昭和中期にかけての動乱に屈することなく、脈々と引き継がれていった。首尾一貫して変わらないのは、その時代ごとの高級なおもてなしだった。

「以前、帰りに地下道を歩いていたら、茜ちゃん、って声をかけられて、誰かと思ったら、教授の奥さんの明希子《あきこ》さんだったんです」

　瀬田明希子は、山梨県の清里に別荘を持っている。毎年、季節になると、明希子はバスを一台貸し切って、友人、知人とさくらんぼ狩りの日帰りツアーをしていた。山梨の豊富なフルーツを多くの人に知ってもらいたいとの思いが発端だった。

さくらんぼを思いきり食べたい、という茜の発言があって、妻がさくらんぼ狩りツアーを毎年企画していることを瀬田が話したところ、今年は、摂食機能療法学講座医局員が、そっくり参加したのだ。

「お腹が空いてるでしょ？　って訊かれて、空いてます、って答えたら、東京會舘のカレーを食べに行きましょうと誘われて、ご馳走になっちゃったんです」

「お腹が空いたような顔をしていたんでしょ？」

「そうですね。今晩何を食べようかと思いながら歩いていましたから」

「明希子さんには、さくらんぼツアーでお世話になったうえに、ご馳走にもなったのね？」

そうです、と茜は言って、ペロッと舌を出した。

「このカレーを一口食べた時は感動でした。神保町に沢山カレー屋さんがありますけど、そのどれとも違っています。そうかと言って決して珍しい味ではないんですよね」

「昔からある標準の味を極めている気がする」愛子も満足そうだ。

しばらく食べることに専念したところで、茜が、愛子さん、と声を掛けた。

病院では、榊先生、山内さん、とお互いを呼び合っているが、病院を離れると、愛子さんと茜ちゃんになる。二人の暗黙の了解である。

「研究の方は順調ですか？」茜が訊いた。

「研究の進行は順調ではないけど、やる気は出てきたわ」

昨年度、研修医だった茜は、一年間の研修を終える頃になっても、新年度からの進路を決めかねていた。その時、大学院生の愛子から「死の受容」をテーマに基礎研究をしていると聞いた。

超高齢社会を達成したにもかかわらず、なおさら死に対して不寛容となり、死を受け入れようとしない風潮は高まるばかりである。震災、天災、感染症、そして寿命までも人災に置き換えてしまい、責任問題に発展させている場合もある。

一体何歳まで生きたら許されるのか。

哲学を語るにはまだ若輩なので説得力がない。そこで、愛子は、ラット対象の基礎研究をして、死の予兆を証明し、死を受け入れることの必要性について説こうというのだ。

それは茜が研修医になって、訪問診療で担当していた寺木潤吉が、自宅で亡くなった時期だった。死にたくないという感覚は、生きている以上、誰もが根底にあるはず。悲しみや後悔があってこその死だ。それを少しでも和らぐように努める。たとえ死ぬとわかっていても、生きるために精一杯尽くすことが、自分がこれから目指す医療だ。私は、死を受容することはしない。潤吉を看送った時、そんな思いが閃光《せんこう》のように茜の胸を貫いた。彼女が摂食機能療法学講座に入局しようと決意した瞬間でもあった。

その頃の愛子は研究方法に行き詰まっていたので、やる気が萎えていた。最近は、日々の診療と研究を巧みに組み合わせて、スケジュールをたてていることから、まんざらでもないらしい。

「餌を与えても摂食行動を起こさなかった場合に、唾液を測定したら、ストレスマーカーの値がゼロのラットがいたのよ。そこから早くて二時間後、長くても四十八時間以内にそのラットは死ぬの」

「二時間後って、あっと言う間ですね」

「でもラットの寿命が二年くらいだから、人の寿命を八十年としたら、ラットの二時間は人間の八十時間に相当する。死を悟ってから死を迎えるにあたっては、十分な時間よね」愛子は、グラスの水を飲んで、テーブルに置くと縁に付いた唇の跡をスッと指で拭った。

「餌を採らなくなっても、元気にゲージの中で走り回ったりしているから、一見、死が近いだなんて想像ができない」

「まさにピンピンコロリですね」

「死を間近にしたラットに、もう一つ共通していることがあったの」愛子は、再びグラスを手にした。「水を飲むこと。水だけはどういうわけか飲むのよ。だけど水も飲まなくなった時が、いよいよ臨終なの」

茜は、そうなんですね、と言ってカレーを口に入れた。

「生理食塩水の点滴だけを受けて、何も食べようとしない近藤先生は、今、まさにそんな状態なんだと思うわ」

「食べようとはしていないですけど、飲もうとはしていらっしゃいましたよ。ビールですけど」

そうだわね、と愛子は肯く。

「近藤先生に、なぜビールを全部飲ませたんですか？　聴診でバブリングサウンド（泡状音）を聴取したんです。あれは、限りなく誤嚥に近いか、誤嚥でした。万が一があったらどうするつもりだったんですか？」茜が、あの時のことを問いただした。

「万が一があったら？」

「ええ、万が一があったら」

愛子はそこで、吐息をついた。「万が一は、あるわよ。万が一はないなんて無い。近藤先生は覚悟なさっていたけど、それは私だって同じ。もちろん瀬田教授も……」

「近藤先生は、生きたいんじゃない、ビールが飲みたいんだ、とおっしゃっていましたが、生に執着した感情が一切ないわけではないと思うんです」茜は目を伏せている愛子を、下から覗き込むようにした。「近藤先生はあれだけ私たちに、お話をなさるんですよ。ということは、話したい、話さなくてはいけない、という思いがあるからです。その思いというのは、生きたいからではないですか？」

「もしそれが、生きたい、だったら茜ちゃんはどうするの？」

「消化器内科の神林教授が、近藤先生に胃瘻《いろう》を造る説得を試みましたけど、私も試みます。ビールを飲む代わりに胃瘻造設《ぞうせつ》を了解してください、と言って」

「それって説得じゃなくて、取引じゃない？」

「取引という名の説得です」茜は髪をスッと肩越しに上げて、胸を張って見せた。

愛子は、日比谷通りに面しているガラスの壁に目を向けて頬杖をついた。濠の石垣に囲まれた皇居外苑は、暗がりにその輪郭を隠している。

「瀬田教授から聞いた話だけど、人の寿命は六十年が限界なんだそうよ。それ以上に生きられているのは、過ごしやすい環境、絶えることのない食事、救命治療の進歩のおかげなんですって」

へえー、と言って、茜も外に目を移した。灯りがガラスに反射して、愛子と自分が、映っている。私たち二人って、髪も顔の輪郭も対称的なんだ。

「だから思うの」愛子が頬杖を解いて、茜を見た。「六十歳までに、やるべきことをやり抜いた人生を送っておくべきで、六十過ぎたら儲けもん。六十歳になって、まだやり残したことがあるから死にたくない、と言うのは、九十歳、百歳になっても同じことを言っていると思う」

「それは極論ですよ」茜はフォークでサラダを刺した。「平均寿命が六十歳だった時代は、それで良いですけど、今、六十で死んだら早すぎます。私たちが日頃見ている患者さんは、高齢者が多いですから、みんないつ死んだって良いということになってしまいます。そうしたら、私たちの医療なんて意味がないじゃないですか」

「死ぬべきなんて言ってない。六十過ぎたら、死も含めて何が起きても天命と受け止めるべき、ということよ。老後はどうしたらいいかと心配する長寿社会だからこそ、そうした覚悟は大事じゃないかしら」

「信号無視の交通事故に遭っても？」

迷わず、うん、と愛子は言った。「事故や震災に遭っても、仮に自殺であったとしても、それが天命と定めるべきだと思う」

「そうでしょうか⁉　横断歩道を青信号で渡っていて、酔っ払い運転の交通事故に遭って死んだら、天命だなんて諦め切れないですよ。断じてそのドライバーは許せない」

そうよね、と愛子は言って、スプーンを口に運んだ。

「まして、自殺なんてとんでもないです。自ら命を絶つことが天命だなんて、それだけはありえないです」

そうよね、と返事をしておきながら、愛子さんは、そう思っていない。六十歳という年齢は一つの目処だろうけど、死に対して、なんでそんな冷めた感覚でいられるんだろう。茜は、サラダをパクッと口に入れた
「そういうことって藝大生《げいだいせい》の彼氏にも話したことありますか？」

えっ、と愛子は目を丸くした。いつも茜は思う。愛子さんは、急に表情を変えた時の落差が可愛い。

藝大生のことは、以前、愛子から聞き出していた。愛子が思いを寄せている彼がいる。しかし、その思いは届いていない、いや届けていないらしい。

「一度だけ、私の研究のことを話題にしたことがあるわ」愛子はカレーを口にし、思い直したとば

かりに続けた。「彼氏じゃない。お茶ダチよ。この前も会う約束をしておいて、当日になってキャンセルされちゃった」モグモグしながら話す愛子は、先ほどの落ち着いた感じではない。

「とんでもないですね。それって、一度や二度じゃないんでしょ？」

愛子は、コックリと肯いた。

もう、愛子さんたる女性が、なんでそんな訳のわからない男子を追いかけているんだろ、と茜は野菜の噛む音をわざと大きめに立てた。

「その彼と、どうやって知り合ったんですか？」

テーブルの中央には、らっきょう、福神漬け以外にも、粉チーズ、ジャム、干しぶどうなど十二の小皿が置かれていている。愛子はスプーンを置いて、備え付けの小さいトングで一つずつ小皿から、ライスの上に移した。カレーの皿に移す手がゆっくりで、どう答えようかと考えている風だ。トングを小皿の元の位置に戻すと、愛子は茜を見た。

「高校の時から毎年、東京藝術大学の秋の文化祭に行っていたの。美術も音楽も、プロみたいなものだから、迫力が桁違いなのよ。中でも面白いのが、お神輿《みこし》なの」

「お神輿？」

「一年生が、アメ横とか上野公園を、お神輿をかついで周るわけ。そのお神輿は、一年生が夏休み中に、グループごとにテーマに沿って手作りしたものなの」

「お神輿作っちゃうんですか。さすが藝大ですね」

そうなのよ、と言う愛子の瞳が輝きに揺れ始めた。

「大学六年の夏休みに、気晴らしに藝大のキャンパスへ行ったら、学生たちがトンカチやノコギリを持って、お神輿を作っている最中だった。その中で一際目立ったのが、フェニックスのお神輿だったの。大きく白い翼を広げて、今にも雄叫《おたけ》びをあげそうなリアルさだったわ。そのお神輿の背中に乗って作業している男子がいた」

「それが、彼だったんですね！」

「そう。まるでフェニックスに乗って空から舞い降りてきたかのようだった」

「そんな風に見えたら、もう胸キュンですね」

愛子は、クスッと笑って見せた。

「それから、彼のフェニックスに乗る姿が見たくて、毎日藝大キャンパスに行ったの」

「ワー、素敵ですねー」

「文化祭の当日、フェニックスのお神輿を遠巻きに見ていた。学生達は、頭に手ぬぐいを巻き、フェニックスがプリントされた法被《はっぴ》を着て、セーヤセーヤと声をあわせていたわ。お神輿が、上野公園で一休みした時、彼が、こちらにトコトコ歩いてきて、こんにちは、って声をかけてきたの」

「えっ、愛子さんにですか？」

愛子は肯いた。「夏の間、僕たちが神輿を作るのを見ていましたよね、って。私が密かにキャンパスに行っていたことは、気付かれていたのよ」

愛子さんは密かに物陰に隠れていたつもりだろうけど、その風貌はいくら隠れたって目立つわよ。

茜は、そのあたりの自覚のない愛子が滑稽だった。

「愛子さんが大学六年の時に、彼は藝大一年生ということは、五歳年下なんですか？」

「藝大入学には浪人しているし、その前には別の大学を中退しているから、私が一つ上」

「姉さん彼女ですね」

「彼女でも彼氏でもないって。すっぽかされても懲りないお茶達よ」

それでも彼を許せているのは、ゾッコンだからかな。それとも、待ち合わせの約束をすっぽかされるくらい、年下の男子相手に目くじら立てるのも馬鹿らしいくらいに思っているのかしら。

「それで、その彼は、死の受容のことを話したら、何て言ってたんですか？」

「死を受容するもしないも人それぞれ。どうすべきかなんて、余計なお世話じゃない？　ですって」

「まあ、悟ったようなこと言っちゃって、生意気ですね」

「そうね、生意気ね」

愛子は、微笑んでいる。「死は誰も経験したことがない。経験したことのない未知に対しては、不安や恐れを抱くのは当然のこと。だから、受容しなさい、と言われても、できる人もいれば、できない人もいる、ですって」

「そいつ、本当に生意気ですね」

生意気よねえ、と言っている愛子は、少しも不愉快そうではない。

「茜ちゃんはどうなの？　彼氏……」

「私は、コントロールできる男子じゃなくちゃ嫌なんです。学生時代に付き合っていた彼氏は、だんだん生意気になってきたんで、卒業と同時に別れました」

「それじゃ、茜ちゃんも彼氏、いないんだ」

「はい。面倒なんで、しばらく彼氏は結構です」

　二人は、笑いながら残りのカレーを掻き集めた。

「本当にここのカレーはおいしいわ」愛子が改めて言った。「昭和の時代は知らないけど、きっと昭和の味を守ってきているんじゃないかしら」

　愛子と茜の間で男性の給仕が、立ち止まった。

「その通りでございます」

　二人は振り返った。一人だけ白いスーツ姿で、先ほどから、他の給仕に指示をしている仕草から、レストランのチーフを務めているらしい。落ち着いた語りは、全体の雰囲気をしっとりと和《なご》ませる。

「今の時代は、色々なカレーが出ていますので、当方も改革をして独特のカレーを創作しようとの意見も出されました。しかし、結局、自分たちがすべきことは、変わることではなくて、変わらないことだ、ということになりました」

　なるほど、と二人は頷く。給仕は、持っていた金属製のウォーターポットでグラスに水を注いだ。

「そうは申しましても、変わらないことって、とても難しいんです。同じ人間でも同じ味は二度作れないとされています。人が変わればなおさらです。さらに、おもてなしは、先人が積み重ねてきたものです。十年より五十年、五十年より百年と積み重ねる程に信頼は重たくなる一方です。人が変わっても、その都度おもてなしの所作、心遣いや言葉遣いに、真心を吹き込まなくてはなりません。おもてなしも含めて、東京會舘の味ですから」

愛子は、スプーンの動きを止めて、白い歯を覗かせた。

「本物は、時代を超えて生き続けますね」

「ありがとうございます。お若いですのに、昭和の時代に思いを馳《は》せていただきました」給仕は、軽く会釈をして、デザートをお持ちします、と奥に下がって行った。

「私も、生意気なこと言っちゃった」

と愛子は言って、グラスを手にした。

やっぱり愛子さんは、藝大の彼にゾッコンだわ。そう思い、茜も水を飲んだ。

(15)　巫女《みこ》のたむけ水

愛子は、いつものように軽くノックをして、扉を開いた。あとに十和田が続く。

喜一の腰は拘縮していた。

ベッドの背もたれを四十度のリクライニングにして仰向けになったまま、腰を伸ばしたり、曲げたりが自分ではできない。

「少し背中をマッサージします」

愛子は、喜一の背に手をあてて、背中を少し浮かせるようにした。ベッドに横になっているので、体幹後面は絶えず圧迫されている。手に伝わる喜一の熱は、平熱よりも高いにちがいない。

「背中が痒《かゆ》いな」喜一が言った。

背中とベッドの間に隙間を作って、背中を解放するだけでも全身の循環がよくなる。痒くなるのは、背中の血流が回復し始めたからだ。愛子は、左手で体幹を抑え、右の手のひらをカップ状にして軽くポンポンポンポンと背中を叩いた。

「うん、気持ちがいい」

喜一の鼻にはカニューレが置かれて酸素が吸入されている。自発呼吸だけでは、十分に酸素が肺に送り込めないのだ。

愛子は、喜一の背中から手を離した。白衣のポケットから聴診器を取り出し、喜一の喉仏の脇にあて、喉の呼吸音を聴診した。十和田は、綿棒と水を入れた紙コップを差し出した。愛子は、聴診器を耳から外して首にかけ、綿棒を手にした。

「この期に及んで、まだ何かしてくれるのかい?」喜一の声がやっと聞こえる。

「口を湿らせます」

そうか、と言って喜一は顎を突き出すようにした。

「死に水を取る……だな。僕はこの部屋で何人もの患者を看取ってきた。今度は、僕の番だ」

愛子は、綿棒を紙コップの水に浸してから、ベッドサイドにかがんだ。

喜一の唇は、ささくれたように上皮が剥《は》げている。上唇に綿棒をあてがいゆっくりと左右に擦《こす》り、滲み出た水が、上唇と下唇の接する溝を埋めると、綿棒で拭った。

喜一は、上唇と下唇とをすり合わせるような動きをさせた。直後にゴホンと咳が起こった。愛子は、ベッドサイドに設置されている吸引《サクション》チューブを、喜一の口角から咽の奥に向かって挿入した。チューブはカラカラコロコロと吸引音をたてた。

呼吸が落ち着くと、喜一は、首をゆっくりと回して、愛子の後ろに立つ十和田に視線を投げた。

「シモの世話までしてもらって、何一つ自分ではできなくなった。教授になったところで、行き着く先はこんなもんだ。成れの果てをよく見ておきなさい」

不意をつかれた十和田は、紙コップを持ったまま固まった。

「摂食機能療法科か……」喜一は、天井に顔を向けた。「僕は、病気しか診てこなかった。人は診てこなかったな」

すると、そんなことはないです、と十和田が言った。「バルーン拡張法を生み出したのは、先生が人を診てきた証拠です。病気しかみていなかったら、患者がなんと言おうと中心静脈栄養にしていたと思います」

「そう言えばそんな時もあったね」喜一は、フーッと息を吐きながら微笑んだ。

「バルーン拡張法を学会に発表した。脚光を浴びたよ。そうしたら今度は、何例成功したか数値で実績を証明しなくてはならなくなった。それからというもの、症例の数ばかりが頭にあって、病人のことは忘れてしまった。患者を物のように扱うようになっていた。何しろ大学ってところは、千人の患者を見るよりも、一つの論文の方が評価されるんだからね」

モニターに表示されている血中酸素飽和度は、八〇パーセントまで下がってきた。九六パーセント以上が正常値だ。

愛子は、綿棒を十和田に渡して、再び聴診器を喜一の喉仏にあてた。しばらくしてゆっくりと頷き、次に往診用バッグに手を入れた。取り出したものは、吸い飲みだった。

「近藤先生、口の中も湿らせます。私、学生時代に神田明神で巫女をしていたんです。巫女は神寄せをする時に水をたむけます。アルバイト巫女のたむけの水を、お受け取りください」

喜一はふっと笑いを漏らした。

「やっぱり君は、歯科医師にしておくには惜しいな」

愛子はベッドのリクライニングを三十度に下げた。喜一の上唇と下唇が接している中央に吸い飲みを触れた。上下の唇が水を吸い取るように窄《しぼ》んだ。

十和田の鼓動が急に高まり始めた。水を飲ませて大丈夫だろうか。血中酸素が落ちているというのに、これで誤嚥でもしたら、おしまいだ。

喜一の喉仏がわずかに上下動をしたように見えた。次の瞬間には、ハッ、と息を吐き、続けて大きく息を吸い込んだ。血中酸素飽和度の値は、八十四、八十八、九十と上昇していった。

「歯医者が聴診器を手にするとは知らなかったよ。背中を叩くのも、死に水を取るのも、瀬田君の教えなんだろうな」喜一の声量が上がった。

「瀬田教授は、教えてはくれません。やって見せるんです。それを私たちがどう消化吸収するかです。でも、今、死に水を取るということが、どういうことかわかりました」

おいおい、死に水だなんて本人の前で言っていいのか。落ち着きかけた十和田の鼓動が、再び高まり始めた。

はっはっは、と喜一が笑った。

「そうだ、死に水を取るとはこういうことだ。こんなことは、どんな医学書にも載っていない。瀬田君はそれを君たちにやって見せていたんだ。瀬田君に伝えておいてくれ。君はこの道を行きなさいよ、って」

愛子は、ゆっくりと首を縦に振り、はい、と歯切れよく返事をした。

「まさか、この期に及んで笑えるとは思わなかった。巫女のたむけ水か……実に愉快だ」

それを聞いて、愛子と十和田も顔を緩ませた。

「僕は、二日市保養所で感情を持たずに堕胎手術に手を貸していた。この部屋では機械的に臨終を告げていた。水子と患者たちに、謝りに行ってくるよ。もっとも悪魔にして死神じゃ、閻魔《えんま》さんの許しが出るかどうかわからんが」

そう言うと喜一は、ひとつ咳をして、目をつむった。水の名残を惜しむように、もぐもぐと口を動かしている。口がわずかに開いた。十和田にはそれが、ありがとう、と漏れた気がした。

二人は医科病院と歯科病院の連絡通路に差しかかった。

「酸素飽和度が九十を切ったのに、なぜ吸い飲みで水を飲ませたんですか？」十和田が横を歩く愛子に訊いた。

愛子は立ち止まった。彼女の視線は、十和田の顔を超えて、窓から外に向けられた。

「大学院一年の時、瀬田教授に付いて肝臓癌末期患者を診たの。酸素飽和度が九十を切った。そうしたら教授は、吸い飲みで患者に水を飲ませた。その時、私も十和田君と同じことを教授に訊いたわ」

「教授は何て答えました？」

「水を飲ませたかったから……ですって」

「えー、なんスか、それ⁉」

「本当よね。全身に黄疸《おうだん》が出て、意識がほとんどない患者に、誤嚥でもさせたら大変なのにね」

「それじゃ、榊先生も近藤先生に水を飲ませたい、っていう感情に掻《か》き立てられて、水を飲ませたんですか？」

掻き立てられたわけじゃないわ、と言って、愛子は眼力を込めた。

「今の近藤先生の状態なら、聴診で聴取できていいはずの嗄声《させい》が最初から無かった」

嗄声は、痰が絡んでいるときにガラガラ、ゴロゴロとする呼吸音だ。嚥下障害の場合には、唾液が咽頭部に溜まり、それが痰となって嗄声が聞こえる。

「嗄声が無かったということは、咽頭部に痰が溜まっていなかったということですよね？」

「そうね。十和田君のいう通り、普通は嗄声がないなら咽頭部に痰は溜まっていないはず」と言ってから愛子は頭を横に振った。「でも痰は溜まっていたのよ。それも乾燥して固形化した痰がね」

「固形化した痰？」

唾液分泌がほとんど無い状況では、口腔だけでなく咽頭も乾燥している。痰は咽頭内で水分を失い、干し葡萄《ぶどう》のように固くなってしまうのだ。それを放置すれば、乾燥した痰が気道を封鎖し、窒息することとさえある。

「吸気が長くて呼気が短かかった。吸う方の呼吸に時間をかける状態というのは、肺に送り込む酸素を求めているということ。それは気道が何物かに閉塞《へいそく》されて苦しいからよ。湿った痰ならば呼吸するたびに気道の中でユラユラと動くから嗄声を聴取できるけど、固形化した痰は気道の壁に付着して動かないから嗄声を起こさない」

最初の聴診で、榊先生は、内視鏡で観察したかのように、咽頭内の視覚的なイメージがついていたのか。彼女と向かい合う十和田は、思わず目を細めた。西側の窓から夕陽が差し込んできた。愛子は逆光に包まれ、その姿は影のようだ。

「なんとかして固形化した痰を吸引しなければと思ったわ。そこで唇を湿らして口腔に刺激を与えたら、反射的な咳払いが出た。咳払いで、気道の壁に貼《は》りついている乾燥痰が剥がれて、吸引ができるようになった」

そういえば、サクションチューブがカラカラコロコロと乾いた音を立てていた。あれは液体ではなく、固形化した痰を吸い取る音だったんだ。

「サクションチューブの吸引音は、固形化した乾燥痰だったんですね？」

「音で来たか。確かにそうだけど、わかりやすいのは、チューブの中を吸引されている痰の色を見ればわかるわ。茶褐色をしていたでしょ？」

「茶褐色？　いや、それは見ていませんでした」

「固形化した痰が粘膜に貼り付くことで、粘膜に傷ができて出血しやすくなる。さらにそれが乾燥するから、茶褐色の痂皮《かひ》になってしまうのよ。それを吸引したわけ」

「痰を引いたら近藤先生は話し始めましたね」

「呼吸が楽になったからでしょうね」

「でもその後、酸素飽和度が下がり始めました。話し過ぎだと思ったんですけど」

「そう、話し過ぎて今度は酸素飽和度が下がり始めた。だから吸い飲みで水を飲ませることで、インターバルを置いたの」

「インターバルを置きたいんでしたら、喋《しゃべ》らないでくださいと言って黙らせればいいじゃないですか」

　クスッと愛子は、笑った。

「私は、近藤先生の話が聞きたかったの。黙らせるなんてもったいない」

　愛子は、額にかかる髪を耳にかけると、歩き始めた。

「吸い飲みに触れた唇が窄《しぼ》んだでしょ？　あれは、水を受け入れるだけの意欲がある証拠。意欲は機能と同じ波長をとるから、嚥下機能は残されていると判断したわ。口の中に水の刺激が伝われば、唾液が分泌されて、口も喉も潤いを取り戻す。そうしたら、また話すことができるはずよね」

　唇を綿棒で湿らせたのも、吸い飲みで水を飲んでもらったのも、榊先生にはしっかりとした診断の根拠があったんだ。十和田は、愛子の後ろで肯いた。

「それにしても、瀬田教授は、水を飲ませたかったなんて、いい加減なもんスね」

「私も、ついさっきまでそう思っていたわ」

「さっきまで？」

　うん、と愛子は言って、また立ち止まった。十和田は、愛子にぶつかりそうになった。香水の香りが、ほのかに舞う。

「死に水を取る、って聞いたことはあるけど、実際にしたことはなかった」

「僕も、そうです。したことはありません」十和田は、一歩下がった。

「それって家族が、本人の枕元でするものでしょ？　聴診器を持ったり、血中酸素飽和度を計ったりはしないわよね」

「そりゃ、そうですよ。医者じゃないんですから」

「肝臓癌末期の患者には身寄りがなかったの。面会に来る人はいなかった。だから家族に代わって瀬田教授は、それをしたまでなのよ」

「どうでしょ⁉　教授は、榊先生にそこまで深読みをさせようとしていたんスかね?」

「教授がして見せたことを、どう解釈するかは、見た側の勝手よ。だからそれでいいんじゃない?」

はあ、と十和田は首を傾げながら返事をした。

連絡通路を抜けて、赤絨毯の敷かれた廊下を行くと、十和田君、と呼び止められた。二人が振り返ると、向こうに立っていたのは、審美歯科学講座の花岡教授だった。

あっ、と十和田は言って深く会釈をした。

「私は先に診療室に戻るわね」愛子も会釈をした。「花岡教授にしっかりと挨拶をしておくのよ」

十和田に耳打ちをして、エレベーターに向かった。

愛子の残り香が、耳の周りにも漂っている感じがした。

(16) 巫女とフェニックス

土曜診療は、十三時に終了する。午前中に、愛子は、喜一の病室に瀬田と出向いた。

喜一の口腔内は唾液の潤いはなく、舌にも口蓋にも剥げ落ちない粘膜上皮がオブラートのように付着していた。食事や会話をしている口腔ならば、唾液が循環し、舌、口蓋、頬は擦れあって、古い上皮から新しい上皮へ新陳代謝を繰り返す。しかし、代謝が起きない口腔は、古い粘膜上皮が層になって残ってしまう。

「草木と同じ、人も枯れて死ぬんだ」

愛子が大学院一年の時に、瀬田から聞かされた言葉だ。

近藤先生、目を開けてください。目を開けて話してください。ヨダレ鳥を一緒に食べるって約束したじゃない。ビールを飲みながら先生の話を聞きたい。愛子は、スポンジブラシにつけた保湿剤を、喜一の口腔内に塗布しながら、心の中で叫んでいた。

処置を済ませ、病室を出たところで振り返った。いつも私が帰る時、近藤先生は、顔をこちらに向けてくれていた。引き戸を閉めたら、これが最後の近藤先生になってしまうだろう。止めた手を緩め、ゆっくりと扉を閉めていく。足が、腰が、胸が消え、顔だけになった。

手を止めた。

近藤先生、と愛子は目で声をかけた。わずかな動きも見逃すまい、と思ったが、無駄だった。

再び手を緩めると、全てが消えた。

扉が閉まる音は静寂を破り、金属音となってこだましたように感じた。その場にかがみ込んでしまいそうだった。覚悟をしていたはずなのに、こんな弱い自分ではなかったはずなのに。

連絡通路で、瀬田がふとこぼした。「僕たちの仕事は、その人が病気になってからでないと知り合えない。因果な仕事だね」

許されるなら、前を行く瀬田の背中に飛び込みたかった。


ＪＲ御茶ノ水駅前のビル、サンクレールの地下にはガーデン広場があって、吹き抜けになっている。広場にはクリスマスソングが流れ、等身大のサンタクロースのオブジェが立つ。いくつか円形のテーブルが置かれ、陽だまりでコーヒーを飲みながら若者が語り合っていた。

土曜の昼下がり、病院を出た愛子は、そうした風景を上から眺めながら通り過ぎ、神田川にかかる聖橋《ひじりばし》を渡った。聖橋を渡りきると右手に神田明神がある。鳥居をくぐり、登り坂の参道を進む。随神門と呼ばれる門をくぐった正面には、御社殿が建っている。お正月には初詣の参拝者が、御社殿前の賽銭箱を先頭に、境内から境内の外へ、湯島坂を下って秋葉原の方まで列をなす。

愛子は、お賽銭を済ませると、御社殿の手前にある明神会館に入った。

この会館は、普段は結婚式や催し物に利用されている。奥の大広間に行く手前に展示場がある。愛子は、そこで歩みを止め、ショルダーバックのハンドルをギュッと握った。フェニックスの神輿がじっとしていた。音は消え、時間が止まった。

東京藝術大学の学園祭に、一年生が夏季期間中に作成した神輿が披露される。出来栄えを競い、それには三つの賞が用意されている。教授連が投票する藝大大賞、招待された著名人が推薦するオーロラ賞、そして神田明神の宮司《ぐうじ》が選ぶ神田明神賞である。

神田祭りは、二年に一度本祭りが行われ、二百基にのぼる町神輿が、江戸神田の氏子《うじこ》町を丸二日間、セーヤセーヤの掛け声と共に巡業する。昔の町は今よりも小単位で、明神様を信仰しており、氏子町と呼ばれた。氏子町ごとに神輿があったので、現在の町の数よりも、神輿の数の方が多いのだ。

さらに、その中の八十基が、神田明神に宮入りをする。宮入りは、神田祭り二日目のクライマックスだ。お互いの神輿に負けまいと、境内でセーヤセーヤの掛け声が最高潮に達する。神田明神賞を受賞した神輿には、八十基の中の一基として宮入りする権利が与えられる。愛子が、足繁く藝大キャンパスに訪れていた年の神田明神賞は、フェニックスの神輿だった。

その翌年、神田祭り二日目のこと。愛子はＪＲ御茶ノ水駅を降り、聖橋から溢《あふ》れんばかりの人混みの中を縫うようにして、神田明神の鳥居を目指した。寸分の余地もないほどの人混みを抜ける。スミマセンを連呼しながら、鳥居の横に着くことができた。ここに立てば、宮入する神輿たちの全貌が見える。

神輿が、セーヤセーヤと目の前の鳥居を次々とくぐっていく。

フェニックスの翼が、鳥居の幅をすんなりと抜けることができるだろうか。鳥居の柱に引っかかって、翼が折れてしまうなんてことにはならないだろうか。

どれだけの時間をそこに立っていただろう。しかし、愛子には人混みを抜けるのも、翼に気を揉むのも、ひたすら待つのも、全てがワクワクだった。

来た。ついに、フェニックスが来た。白い翼をいっぱいに広げて、湯島坂をフェニックスが昇ってくる。神輿をかつぐ学生たちのセーヤセーヤの声が、しだいに迫ってくる。

いた！　彼が、その中にいた。

彼の姿は昨日のことのように、愛子の目に焼き付いている。

そして今、フェニックスの神輿は、こうして明神会館に展示され、自分はその前に立っている。

近藤先生がこの世を去るのは、今日ですか？　明日ですか？　愛子は、フェニックスに向かって、吐息と一緒に思いを投げた。


愛子は、学生時代にここで巫女になった。

母の知り合いに神田明神の氏子《うじこ》がおり、お正月に巫女の助勤をして欲しいと、愛子に声がかかった。聞いた時は、びっくりしたが、紅の袴に純白の衣、その日まで髪は切らずにいようと、非日常の自分になることに期待が膨らんだ。愛子の知る巫女は、そうした衣装を纏《まと》い、お守りやお札を売る仕事だった。

と思っていたら、とんでもなかった。

仕事は、御社殿の中で神職が祝詞《のりと》を奏上《そうじょう》する時に、ご祈祷《きとう》をする人へのおもてなし役だった。そのことは、氏子と母との間で、すでに決まっていたらしい。

休憩所で祈祷を待っている人の案内をし、規定の人数が御社殿に着座したことを確認すると、祈祷者に向かって、神職と一緒に唱える祈りのことばの説明をする。御神前《ごしんぜん》に、たむけの水を備えたところで、神職に登壇の声をかける。

祝詞奏上の最中には、御神前の隅に正座をしているが、祈祷者の中に異変があった時の見張り役でもあるため、祈祷者の方を向いている。これが反対に祈祷者に見られているようでバツが悪く、目を伏せて不動の姿勢を続けていた。

祝詞奏上が終わると、巫女が神楽《かぐら》と呼ばれる舞を神前にて奉納するが、翌年には、その役も頼まれた。

神田祭りのときに、神楽は御社殿で披露される。それまでに、明神会館の大広間で、新人の巫女が定期に集まり、神楽を教わる。手や足の運びの意味を、一つ一つ理解すると、愛子は自分でも不思議なくらいにすっと身について行った。

神楽を奉納した後、お鈴を持って祈祷者にお祓《はら》いをする。厳《おごそ》かな雰囲気の中に響く鈴の音が、身心を清めていく。初めて鈴祓いを終えたとき、これって助勤巫女がする仕事じゃなくない？　と思いながらも、愛子はすっかり巫女になりきっていた。来年もお願いしますね、と祈祷者たちからの評判もすこぶる良かった。

巫女とフェニックス……ワクワクしたな。ドキドキもハラハラもした。心が躍ったもん。

肩をトントンと軽くノックするように叩かれた。振り向いた。愛子は瞳を大きく開いた。彼だった。藝大生の彼だった。

「随分と思いつめていたみたいですね」

言葉が出ない。

きっと、私は眉間にシワを寄せて、全然可愛くない顔をしていたに違いない。愛子は思わず頬を両方の手のひらで包んだ。

「いよいよ、フェニックスは解体です」彼が言った。

「解体しちゃうんですか？」やっと言葉が出た。

「ええ、明日みんなで集まって解体作業をします。今日が見納めです」

「見納め……」また言葉が出なくなった。

「二年間、展示してもらいましたからね。世代交代です」

神田明神賞を受賞した神輿は、二年後の神田祭りが行われる前年の暮れまで展示される。そのことは、以前に彼から聞いていた。聞いてはいたが、この場からフェニックスが無くなることは考えたくなかったので、忘れていた。

フェニックスが、居なくなってしまう。もう会うことができない。

この二年間、行き詰まることがあると、フェニックスの前に立っていた。じっと見つめると、胸の中に澱《よど》んでいる鉛のような思いが溶けていくのを感じた。明神会館から出る時は、自分にも翼が生えて、また明日から飛び立っていける気になれた。

愛子は、歯を食いしばって息を一つ飲んだ。

「このあと、何かありますか？」愛子は、顔を上げ、振り切るようにして訊いた。

「いや、特にないです」

「お茶……しませんか？」

「あ、はい。いいですよ」

彼からメールが来ることはない。連絡をするとすれば愛子からだ。まさにこんな感じで、お茶しませんか、とメールをする。メールでも直接会うのでも、切り出し方は同じだな、と思った。約束をするとすっぽかされるけど、しないと会えるんだな、と思ったりもした。

二人は少しの間、目を合わせた。

愛子は微笑みを返して、出口に足を運んだ。彼が後を続いた。


月曜日の朝、医局の扉が開いた。

瀬田が、おはよう、と入って来た。少し息を荒くしている。

デスクについている医局員たちが、椅子を回して、おはようございます、と挨拶をした。

瀬田は、そのまま愛子のところに進んだ。

愛子が、スッと立ち上がった。瀬田が、愛子の前に立つ。ゆっくりと頷いた。愛子も頷いた。言葉はいらなかった。

愛子へ、近藤喜一が亡くなったことの知らせだった。

(17) 眩《まぶ》しい

その日、病院が開院する前の早朝、医療安全委員会の最中に、瀬田のピッチが鳴った。看護師長の井上早多恵からだった。

「一昨日《おととい》、十六時八分に、近藤先生が亡くなられました」

瀬田は、医科病棟から呼び出しがあったことを告げ、その場を退席させてもらうことにした。

「瀬田君!」呼び止めたのは院長の本間だ。

医療安全委員会は、報告を受けた診療上のトラブルについて病院としての対処法や、そのようなことが再び発生しないように予防策を検討する委員会である。臨床系の教授連以外にも、看護師、歯科衛生士、栄養士、薬剤師、検査技師、放射線技師が参加している。厚労省が病院に月一回の開催を義務付けている法定委員会である。

ここでも本間が、委員会を仕切っている。

「君は部科長会議に遅刻するは、医療安全委員会は早退するは、五体満足に会議の席につけないのかね」

五体はいらないだろ、と瀬田は思ったが、不満足を強調したいがための言い回しと解釈することにした。

「申し訳ありません。用件が済み次第、戻って参ります」

「一つの会議に、早退だけでなく、遅刻もするつもりか!?」

周りから、クスクスと笑いが漏れる。

「それでは、今回は早退だけにいたします」瀬田は深々と頭を下げて、会議室を出た。

階段を駆け下り、そのまま廊下を抜けて医局の扉を開いた。

愛子の前に立つと、喜一が亡くなったことを言葉にしたつもりが、頷いてしかいなかった。それでも愛子には十分だった。

「井上師長が言うには、娘さんから、預かり物があるというんだ」

「行きましょう」

と愛子が言った。茜も立ち上がった。

三人が医局を出ると、後ろで、僕も行っていいですか？　と声がした。振り向くと、十和田だった。

病棟看護師の朝は、夜勤明けから日勤への申し送り、夜が明けて堰《せき》を切ったように連呼するナースコール、朝食の配膳、投薬の確認、患者への食事介助、点滴管理など、慌ただしい。しかし、十二階病棟は患者の数が少ない割には看護師の配置は多いので、時間の流れは比較的落ち着いている。

四人は、ナースステーションの前で挨拶をすると、受付にいた看護師が奥に向かって、師長、と呼んだ。奥から井上が出てきた。

「お亡くなりになったのは土曜でしたので、お孫さんも一緒にご家族のみなさんが、お揃《そろ》いでした」井上は、四人のそれぞれと視線を合わせた。「ただ、毎日面会にいらしていた娘の紗栄子さんが、立ち会えなかったたんです。その日に限って、外すわけにはいかない事情がおありだったようです」

一番身近にいた娘さんが最期に立ち会えなかったとは、なんとも皮肉なものだ、と十和田は思った。今頃、娘さんは後悔と自責の念に駆《か》られているにちがいない。

「思いを強くした人が傍を離れているときに、息をひきとることは往々にしてあることです」瀬田が言った。

井上は、それを聞いて肯いた。「昨日、紗栄子さんが、お世話になりましたと、わざわざご挨拶にいらっしゃいました。どうかなと思いましたが、穏やかな笑顔だったのでほっとしました。その時、これを瀬田先生に渡してくださいと頼まれたんです」井上は白衣のポケットから茶封筒を取り出した。「私、昨夜当直でしたので、これから帰宅します。その前にどうしても私の手から瀬田先生に渡しておきたかったんです。急に呼び出してしまい、申し訳ありません」

瀬田は、とんでもございません、と封筒を受け取った。

「紗栄子さんは、その封筒を私に渡すときが、一番の笑顔でした」

結局、亡くなる当日の朝まで、瀬田教授と榊先生は、近藤先生に処置を施した。娘さんが書いた笑顔の手紙、お礼の言葉が記されているのだろう。紗栄子さんが笑顔だったのは一晩泣き明かし、涙も枯れたからだろうか。十和田は、瀬田の持つ封筒を見つめた。

瀬田たちは、ナースステーションから向かいの病室に足を運んだ。扉の前でガラス越しに中を覗いた。

おとといまで喜一は、ここにいた。

窓際にあった写真や荷物は綺麗に無くなり、マット、シーツ、毛布、枕は全て、何事もなかったかのように整えられていた。午後には、新しい患者が入る予定だという。

そこへ、瀬田先生お世話様でした、と消化器内科教授の神林が現れた。

瀬田も、お世話様でした、と言ってお辞儀をした。「近藤先生の希望通りに、最後まで輸液剤の点滴のみだったんですね」

「そうです。中心静脈栄養や胃瘻を勧めたんですが、受け入れてくれませんでした」

「胃瘻を拒否されていても、いよいよ必要な場面になると、ご家族の意向で結局胃瘻を造設することが、ほとんどのように思いますが」

「今年になって三回目の入院で、ご家族も覚悟なさったんでしょう」

「覚悟するというのは、難しいことです」

「そうですな。死の覚悟なんて、なかなかできることではありません。それができないから、我々みたいな仕事が成り立っている。そして死の問題がややこしくなる。その点、近藤先生は、ご自身の死を、ごくシンプルにしてくださいました」

神林は、少し間を置いてから肯いた。

「もし、経管栄養をされていたら、今も生きていらっしゃったでしょうね」

神林の言葉に、愛子と茜は、表情を変えずに目を合わせた。

「私は、来年三月に定年ですから、恩師を看取ることができたのは、とても光栄なことでした。お酒の好きな方だったので、最後くらい好きにさせてあげたかったですが、ここは病院なので、その点は申し訳なかったです」

「近藤先生と入れ替わりに、本日の午後、救命センターから転室予定の患者がおります。後ほど摂食機能療法科に診療依頼を出しますので、またよろしくお願いします」

「かしこまりました」

神林は、それでは、と言ってナースステーションの横に配置されているドクター控え室に入って行った。

喜一の痕跡がこれっぽっちもない部屋と、神林の切り返しがあまりにも潔《いさぎよ》いので、十和田は、この二週間余りのことは、現実に起きたことだったのだろうかと、頬をつねって確かめたくなった。

十和田は、もう一度、空になったベッドを見た。人は二度死ぬと聞いたことがある。命がこの世から消えた時と、その人の記憶が誰からも消えた時。俺の中では、近藤先生は生きている。

四人は十二階病棟を後にした。午後には新患《しんかん》が入るので、また来ることになるだろう。

瀬田はいつもよりゆったりとした足取りだ。連絡通路の真ん中あたりで、愛子と茜は目で合図をして、次には、教授！　と強めの声を合わせた。瀬田はピタッと止まった。二人の声の勢いに、十和田も同じだった。

窓を越す冬朝の陽射しが、眩しいほどに通路全体を照らしている。四つの影のうち、一つの影が瀬田の前に付いた。

「その封筒、開封なさってください」愛子である。

十和田も封書に書かれた内容を知りたかったので背伸びをして、瀬田の肩越しを覗き込んだ。うん、と覇気《はき》のない返事をした瀬田は、封筒をビリッと破いた。逆さにしたかと思うと、ストンと鉄の塊が、手のひらに落ちた。――栓抜きだ――

「はあ?」が、十和田の口から出た。

「あの日、お部屋に忘れていかれたんですね」愛子が、しっとりとした口調で言った。瀬田は、人差し指を耳の中に入れてクルクルと回している。都合が悪くなった時の彼の癖が始まった。瀬田は、首を垂れて、申し訳ない、と言った。「近藤先生に、瀬田君は栓を開けることくらいしかできないだろう、と言われたが、本当にそれしかできなかった。置き忘れるなんて、それ以下だな」

「紗栄子さんは、今回のことはご存知だったんですね」

愛子が言うと、茜が瀬田の手のひらに乗った栓抜きを取り上げた。

「紗栄子さんモ……ですよ」

茜は、そう言うと十和田を見た。猫の目のようになっている。

紗栄子さんは、いや紗栄子さんも、何を知っていたというのだろう。栓抜きとくればビール。どう言うことだ？　でも、ここでそれを訊いてはいけない。茜の目が、十和田にそう悟らせた。

(18)　昇凰楼《しょうこうろう》

瀬田裕平、助教の桑野修一、大学院生の榊愛子と加藤英明、医員の山口茜、研修医の明石悠美、十和田幸太朗、柏原里佳子が、赤い丸テーブルを囲んだ。八名は、黒ビールの注がれたグラスを手にしている。

「最初は、グラスを打ち合わせることなく静かに、故人を偲んでご唱和願います」

音頭をとる瀬田の隣には、なになみとビールの注がれたグラスが一つ置かれている。

「近藤先生に献杯！」そのグラスに向かって、それぞれが一口飲んだ。

「次に、一年間、頑張った自分たちに、グラスを挙げて、声高くご唱和願います」瀬田は左から右に七名の一人一人と目を合わせた。彼らの笑顔に、瀬田は大きく頷いた。

「自分たちにアッパレ、乾杯！」

カンパーイ、と皆がグラスと声を挙げた。次の瞬間には、仕事の延長にあった緊張が、ドッと溶けていった。

　この個室の広い窓から、昇凰楼と墨で書かれた桐の一枚板が、チェーンで吊り下がっているのが見える。

「昇凰楼の看板の前は、よく通りますが、店に入ったのは初めてです」十和田が言った。

「十和田君の実家の診療室は南青山だったね」瀬田は真向かいに座る十和田に応えて、外に視線を移した。「あの看板の字は顛書《てんしょ》と呼ばれるものだ」

「テンショ？」十和田も窓を向いた。

「顛末書のテンにショと書く。顛書は、普段僕らが書いている楷書みたいに、字の書き順なんてない。たとえば料理の料の字には米が書かれているから、生えようとする稲穂をイメージするのであれば、下から上に向かって線や点を跳ね上げて書くといったように字が持つ意味を表現していくんだ」

「そうなると、字ではなくて、絵の領域ですね」喜一のグラスを間にして、瀬田の右隣に座る桑野が言った。

「そもそも字の起源は絵なのだから、顛書は本来の字を追い求めているのかもしれない」

「よくご存知ですね。それって明希子さんの……」

「そう、妻の受け売りだ」

　瀬田が時々、思いもかけない教養を示す時がある。それは明希子から吹き込まれたことであるということは、教授と仕事を三年共にした桑野が、経験上知ったことだ。

「看板に書かれている昇凰楼の凰という字は、翼を広げて鳥が飛び立つような感じがしますね」

「凰とは不死鳥のことだ。凰の字を桑野君の言ったように感じてもらえたら、さぞ筆を下ろした人は、当を得たりだね」

「教授は昔から始末書や顛末書を書くのは得意だとおっしゃっていましたが、顛書も嗜《たしな》まれるんですか？」

「もちろんだ。僕の判読不明な字は、実は顛書だったんだよ」

「なるほど、そうきましたか」桑野がそう言うと、皆が笑った。

そこへ白とベージュのチェック模様のネクタイをした年配の紳士が現れた。「支配人をしております澤井と申します。本日はようこそお越し下さいました」

「先日は、いきなり押し掛けて、無理な相談事を引き受けてくださり、ありがとうございました」

瀬田が、澤井に言った。

「とんでもございません。お役に立てて良かったです」

「教授はこのお店にいらしたことがあるんですか？」十和田の左隣に座っている悠美が訊いた。

「いや、その……一度だけ来たことがある。それも食事に来たわけじゃない」

「食事じゃないって、どう言うことですか？」

「明石はそんなことは気にしなくていいの」十和田の右隣に座る茜がすかさず言った。「あんたは気にしなくてもいいことを気にして、肝心なことはスルーするんだから」

「でも気になりませんか？　教授が食事以外でこのお店にいらっしゃるなんて」

「食事に来たわけじゃない、なんて正直におっしゃらなくてもいいんですよ」瀬田の左隣に座る愛子が、顔を伏せて囁《ささや》くように言った。瀬田は、左の人差し指を耳の中に入れてポリポリと掻いた。

「いいから、飲みな」茜は、悠美に向かってビール瓶を持った腕を突き出した。

「ありがとうございまーす。山内先生にはいつもお気遣いさせちゃってー」悠美は自分のグラスを挙げた。

「ホントよ。あんたには気遣いばっかりよ。普通こういうのって、後輩が先輩の空になったグラスに気づいてお酌するもんでしょ」茜は苦虫をかみ潰した顔でビールを注ぐ。

「今、そうしようと思っていたんですよお」

「と言いながら、全然グラスを引っ込めようとしないし」

「今、引っ込めたらジュウ和田の前にこぼれちゃうじゃないですかあ」

「最初っからグラスを差し出さないで、先輩に注ぎなさいっつうの！」

十和田は、自分の目の前で展開されている瓶とグラスがかち合う光景に、身を縮めている。茜の右隣に座る加藤が、十和田に向かって気の毒だなという表情を見せた。


堀越和樹の訪問診療の帰路、瀬田が、茜と悠美に置き忘れた綿棒ケースを取りに行かせたときのこと。一人になった瀬田は昇凰楼に向かった。店に入ると名刺を出して北斗大学病院の者であることを告げた。患者の名は出さなかったが、病室にあった家族写真やヨダレ鳥からこうして昇凰楼に行き着き、恵比寿黒ビールについて話すと、すぐさま澤井の口から出たのは、近藤喜一の名前だった。

「近藤様は、当店の創業当初からご贔屓《ひいき》にしてくださっている方です。ビールが飲めなくなったら寿命が尽きたと観念する、と常々おっしゃっていました」

ヨダレ鶏と黒ビールを好んでいるということで、その患者は喜一であると、確信したらしい。

「あいにくお酒の小売りは、禁止されております。その代わりに、当店からのお見舞い品としてお渡しします。瀬田様にお預けしますので、近藤様にお届けください」

飲食店の店外酒販売は、法定上無理な相談だった。うっかりしていた。こうなると今回は、支配人の好意に甘えるしかない。瀬田は、恩にきます、と言って、持ってきた保冷用のポーチに瓶を入れた。

「失礼ですが明希子様は、瀬田様の奥様でいらっしゃいますか？」澤井が訊いてきた。

瀬田はかがめた背筋を伸ばした。「ええ、明希子は……妻です」

「やはりそうでしたか。奥様も当店をご贔屓にしてくださっています」

だから明希子は、この店の中華まんの味を、身をもって知っているんだ。ビールのことで頭がいっぱいで、中華まんを買ってきて、との彼女の頼みを忘れるところだった。

「中華まんをください。それは妻からの注文ですので買って帰ります」

瀬田は、澤井に重ねて感謝をして、昇凰楼を出たのだった。

澤井は、茜と悠美の掛け合いを見て、黒ビールの一件は、身内の中でも秘密ごとだったのだと知った。

「先日、瀬田様の奥様から御連絡を受けました」澤井は、話題を変えるように切り出した。「本日の摂食機能療法学講座の納会費用は、すべて瀬田が持ちますので、医局の皆様は思う存分お食事をなさってくださいとのことです」

ワーッ、とテーブルを囲んで歓声が上がった。

「近藤先生に関わる深い事情がありまして、医局員にご馳走をしなくてはならないことになりました。これがお天道様から受ける罪滅《つみほろ》ぼしなら、快く受けたいと思います」

「よほど深い事情がおありなんですね」澤井は同情の中に笑顔を混ぜた。

「そうはいっても今日は、妻の公認ですから、僕も存分にお料理を楽しみます」

「そういうことだったんですか」悠美がビール瓶を持った。「昇凰楼に来たことはあっても、食事をしたことがないというのは、納会の打ち合わせで教授は、わざわざ奥様と事前にここにいらしていたんですね」

「そう言うことよ」茜は肯いて見せた。悠美が、勝手に自己理解をしている。本当に疲れるわ、と思いながら、茜は、悠美が差し出す瓶に自分のグラスを向けた。

「あんた、ちょっと泡だらけなんだけど。こんなの飲んだらゲップしか出ないわよ」

するとと部屋の外で、いらっしゃいませ、との声がかかり、別の客を迎えたようだった。そこへ、失礼します、とトレンチコートを腕にかけ、黒無地のワンピース姿の女性が入ってきた。瀬田と愛子と茜、そして十和田が同時に、あっ、と声を挙げた。

喜一の娘の紗栄子だった。

「私から連絡いたしました」澤井が、瀬田に言った。「北斗大学の摂食機能療法学講座の先生がたが当店にいらしたら、お嬢様に連絡するように、かねてから承《うけたまわ》っていたものですから」

「その節は、父が大変おせわになりました」紗栄子は深々とお辞儀をした。

今日、青山墓地で、喜一の初七日の法要と納骨を済ませたとのことだった。

「生前、父から瀬田先生の医局の皆さんに昇凰楼でご馳走をさしあげてくれ、と言われていました。本日は、父からのお礼です。昇凰楼のお料理を存分に堪能なさってください」

紗栄子は、摂食の医局員を凰昇楼での食事会に招待しようと思い、あらかじめ澤井に連絡をして席の空いている日を伺ったところ、すでに今日の日付で摂食機能療法学講座八名の予約が入っていた。そこで、前触れなくこの場に現れて、サプライズで、瀬田たちをご馳走しようと考えたのだった。

瀬田がものを言おうとすると「これは父の遺言です」と紗栄子はきっぱりだった。

「教授、せっかくですから、ご馳走に授《さず》かりましょう」と愛子が言った。「それが近藤先生への供養でもあると思います。お天道様からの罪滅ぼしを、近藤先生が閻魔様にお願いして免除してくださったんですよ」

皆が笑顔で、瀬田を見ている。

瀬田は、再び一人一人と目を合わせた。そして、ゆっくりと一つ頷いた。

「ありがとうございます。それでは遠慮なくご馳走に授かります」

「是非、そうなさってください」紗栄子の視線が、黒ビールの注がれたグラスに向けられた。

「近藤先生のグラスです」と桑野が言った。

それを聞いて紗栄子は、ありがとうございます、と笑みを浮かべた。彼女の肩の力がスッと抜けていくのが感じられた。

「このお店は、三十年ほど前に、父が青山葬儀場で患者さんの葬儀に参列した帰りに立ち寄ったんだそうです。中でも気にいったのが黒酢あんかけの揚げたヨダレ鶏で、それ以来、私たち家族の記念日には、いつもこのお部屋でご馳走になっていました」

「近藤先生は、担当の患者さんが亡くなると、葬儀に行かれていたのですか？」桑野が訊いた。

「終戦直後に、父が福岡で勤務医だった頃からの患者さんで、特別思い入れのある方だったみたいです。福岡で担当した患者さんを、東京で診ることになるなんて、ご縁を感じたんでしょうね」

皆の動きが止まった。同じことを思っている。バルーン拡張法を初めて行なった、あの患者さんの葬儀だったんだ。

紗栄子と澤井は、急に黙ってしまった八名に合わせた。目をつむり、軽く頭を下げた。それは、この場に居合わせた者たちの黙祷のようだった。

「実は表に出ている桐の看板ですが、近藤様が書いてくださったものなんです」澤井の言葉に、皆は頭を上げて外を見た。「近藤様が達筆なのを存じ上げておりましたので、お願いしましたところ、顛書と呼ばれる書法で書きおろしてくださいました。昇凰楼の看板は、それを木版に仕立てたものなんです」

感嘆の声とも溜め息ともつかない呼吸が、外に向けられた。

あっ、と紗栄子が急に声を挙げた。一斉に彼女を見た。

紗栄子の視線にあるのは、喜一のグラス。底にひと筋のビール痕を残して、空になっていた。皆もそれを見て、ハッと息を止めた。

「うまい！」と紗栄子が言った。

えっ、どうしちゃったの？との思いが彼女に集まった。

「父が、そう言っています。父は、うまい余韻に浸りながら、今、旅立ちました」

あの日、近藤先生は、うまい、とおっしゃった。きっと紗栄子さんには、それと同じ声が聞こえたんだ、と愛子は思った。近藤先生は、ヨダレ鶏をご馳走してくださるという私の独り善《よ》がりの約束を果たしてくださった。

「紗栄子さんは、お父様のご臨終に立ち会うことができなかったそうですね。ご心中、いかばかりかとお察し申し上げます」愛子の素直なお悔やみの気持ちだった。

　すると、紗栄子は首を横に振った。

「立ち会えなかったわけではないんです。立ち会わなかったんです」

「立ち会わなかった？」愛子が目を大きくした。

「父が臨終を告げられている時に、私、どこにいたと思います？」

　愛子は、どこでしょう、と首をかしげた。

「国際劇場にいたんです」

「国際劇場!?」愛子の目が一層大きくなった。

「亡くなる前の日に、明日は鑑賞したいミュージカルがあるから行かせてね、と父に言いました。そのとき、父がつむったままの目を開いて私をジッと見てくれました。これが最後になると思いました」紗栄子は、神妙になりかかったところを、すぐに微笑に変えた。「父が病に伏せてから、話を聞いたり、話して聞かせたり、尽くしたり、時に突き放したりしました。それで泣いたり、怒ったり、笑ったりもしました。どれも後悔といえば後悔ですし、精一杯といえば精一杯でした。最期の別れ際《ぎわ》だけは、傍にいたくなかったんです。父も私が傍にいたのでは、逝《い》きづらかったでしょうし」

　紗栄子は澤井に、今宵のお食事をよろしくお願いしますね、と言い残して、この場を離れて行った。その時見せた彼女の笑顔は、喜一がビールを飲み終えて笑った時の雰囲気にそっくりだと、愛子は思った。

(19) 口水鶏《よだれとり》

大皿が運ばれてきた。

「待ってましたあ」十和田がひときわ高く声をあげた。「榊先生が盛んに唱えていた伝説の鶏料理だ！」

全員が、ワーッ、と言って手を叩いた。

立ち上る湯気が、甘酸っぱい香りに香ばしさを漂わせている。黒酢が店内の光を反射して四方に輝きを放ち、遠目からは山積みになった黒い宝石のようだ。

揚げたヨダレ鶏の黒酢あんかけが、大皿から八当分されて、それぞれの前に置かれた。

「よし、いただこう」

瀬田のかけ声に、一斉に箸が伸びた。

熱さを少しこらえて噛み切る。口に入った瞬間に、肉汁がはじけるが、すぐさまとろみのソースが追いかけて来て、舌の上に転がしては噛み、噛んでは転がすといった衝動をかきたてる。

桑野は、まだヨダレ鶏が残っている口の中に、ビールを頬が膨らむほどに注ぎこみ、ゴクリと喉元で大きな音をさせ、イッキに口の中を空にした。

「先輩の飲みっぷりは、見ていて本当においしそうで気持ちがイイですね」愛子は、瀬田にビールを注ぎ、続けて腕を伸ばして、桑野にビールを注いだ。そう言われた桑野は、酔いもまわってきたようで、気持ち良さそうに顔を緩ませている。

「審美歯科の忘年会は、毎年ホテルオークラでOBも招いて百人の参加だってな。こうして一つのテーブルを囲む医局忘年会の経験もいいだろう?」桑野が、十和田に向かって言った。

するとと、瀬田教授、と言って十和田がスッと立ち上がった。

「来年四月から摂食機能療法学講座に入局を希望します。何卒よろしくお願いいたします」

一瞬、皆を黙らせた。次の瞬間、えーっ、と怒涛《どとう》のような声があがった。

「お前、酔った勢いで、いい加減なこと言ってんじゃねえぞ」桑野が口から吹き出してしまいそうなところを堪えた。

「酔ってないス。素マジっス」

「なにがスマジだ。お前、来年は審美に入局して、将来この南青山で芸能人相手にワーキャーされたいって言ってたじゃないかよ」

「そうだったんスが、気が変わりました」

「なんで、気が変わっちゃったのよ」茜も、冗談言わないで、とばかりに責めた。

「榊先生、カッコイイです。俺、榊先生みたいになりたいんス」

今度は愛子が、吹き出しそうになった。

「白衣の下にびっしょり、汗をかきます」

「汗？」なんで汗よ、私、そんなに汗かいてないわよ、と愛子は首をすくめた。たしかに患者さんの前で緊張して、背中に汗をかくようなことはあるけど、十和田君ときたら、私のどこを見てるのかしら。

途端に瀬田がハッハッハァーと笑った。「仕事で、憧れる人がいるというのは、実に幸せなことだ」

「教授、何、呑気なことおっしゃっているんですか⁉」桑野が体ごと瀬田を向いた。「こんな人種、常時いたら面倒みきれませんよ」

「明石！　あんたも気が変わりなさい」歯切れの良い茜の声がした。「来年、摂食は辞めて別の医局にしなさい」

そこで悠美も立ちがった。

「私は初志貫徹《しょしかんてつ》です。来年は、憧《あこが》れの山内茜先生の後輩として、摂食機能療法学講座で頑張ります」

「何が憧れよ。取って付けた言い方しないの」

「いやいや、取って付けたなんてことはない」瀬田が人差し指を振りながら言った。「明石君は、摂食機能療法科の研修医になる時、山内先生に憧れて摂食の研修医を希望します、と僕に言って来たんだ。最初から本気だよ」

「そうなんです。本気なんです」悠美が、隣の十和田の前を超えて茜を見下ろした。「私、卓球部だったんですけど、大学の卓球場が使えないときは、千代田体育館に行って練習をしていました。そこのプールで、山内先生が水泳部の練習をしていたのを、休み時間に観覧席からよく見ていたんです。水から上がってくる姿が眩しくって、憧れていました」

「何それ⁉　摂食と関係ないじゃない」

「はい、関係ないです」

「そんなトコ、力いれないでよ」茜は、ガクッと頭を落とした。「あんたが憧れる私って何もんよ。もうへこむわー」

「そんなふうにおっしゃらないで、自信を持ってください」

「あんたに勇気付けられてどうすんのよ」

「ビールをお注ぎします。今度は泡だけにならないようにしますから。これからもご指導のほどよろしくお願いします」

茜は、ハーッ、とため息をつき、頭を抱えたままグラスを挙げた。

あのー、と言って里佳子が、ゆらゆらと立ち上がった。

「来年、私も摂食機能療法科に残らせていただいてもよろしいでしょうか」

皆、動きを止めて、里佳子に視線が集中した。

「十和田と明石が摂食を希望したからって、柏原まで合わせる必要はないんだぞ。お前は矯正に残りたいって言っていたじゃないか」彼女の向かいに座る加藤が言った。

「先週発表があったんですけど、歯科矯正の医員採用試験に落ちてしまいました」

歯科矯正科は、研修医に人気のある診療科なので、医局員を採用するにあたり定員枠を設けて試験がある。里佳子はその試験に不合格だった。

「落ちたから、仕方なく摂食に残るっていうのか？」加藤が口を曲げている。

「落ちたんですけど、悔しいとか悲しいとかいう気持ちが起きなくて、自分の本当の気持ちは何だったんだろうって考えたんです。摂食で研修をして、自分が患者さんの話を聞くのが、こんなにも好きだったとは知りませんでした。むし歯や矯正の治療でしたら、ここまで患者さんの話を聞く機会は作れないと思います。その機会を作るためには摂食機能療法の技術を身につける必要がありま す。摂食機能療法を学びたいです」

「でもさ、普通、医局の試験に落ちたら大学に居づらくて、診療所に務めたりするもんだろうけど、それでもいいのかい？」まるで加藤が入局試験の面接官だ。

「周りにどう思われてもいいので、今、やりたいことをしたいという気持ちだけです」

加藤は、ふーん、と返した。

「でもそれは里佳ちゃんだけの問題ではないんじゃないかしら」愛子が加藤を見た。「教授の前で失礼ですけど、摂食機能療法学講座にいる者は、周りからどうでもいいように思われているし、周りを気にしていたらやっていけないわ」

愛子の隣で瀬田が、それは申し訳ない、といった風に小刻みに肯いている。

「ちなみに私は、加藤先生に憧れていますので」

「それは絶対に、取って付けだな」

と加藤が言うと、里佳子はペロッと舌を出した。

まさか、この三人がそっくり来年度、摂食機能療法学講座の入局を希望するとは思わなかった。

さあ、どうしよう。瀬田は腕を組んだ。

(20) 辞退された日

瀬田が、新潟医療保健大学から北斗大学に赴任してきたのは、三年前。最初の年に、口腔外科の大学院を修了した桑野が助教として、研修医を終えた愛子が大学院生として、摂食機能療法学講座に入局した。

同時に、歯学部を卒業直後の二人の研修医がいた。しかし、二人はゴールデンウィーク明けに、摂食機能療法科での研修辞退と他科への転属依頼を、嘆願書を揃《そろ》えて大学に提出したのだ。

瀬田が北斗大学に赴任して三日目に、初診受付を担当している歯科医師から携帯ピッチに連絡があった。

「お隣の医学部病院に入院中の患者さんが、義歯が合わなくて何も食べられないと騒いでいるようなんです。もともと脳梗塞で、ゴネンセイ肺炎とかいう病気らしいです」

誤嚥性肺炎のことらしい。瀬田は、ピッチを耳に付けたまま、それを訂正することなく話を聞いた。

「そういうのって、瀬田先生は治療できますか？」

できますか、とは単刀直入な問い合わせだ。しかし、それは無理もないことだった。

歯科治療は、患者が診療室まで自分の足で通い、話をして、しっかりと口を開き、嗽《うがい》をして、自分の足で帰っていく。すなわち健常な人を対象とした医療である。歯科教育は、そうした人を前提にプログラムされている。誤嚥性肺炎や脳梗塞に限らず、全身的な病気を持った人のイメージは、歯科医師にはないのだ。

そこへ、医学部病院からの歯科診療依頼である。新しくできた摂食機能療法科なるものは、歯科のプログラムにないゴタゴタを引き受けてくれるのではないかくらいの認識で、初診受付医は連絡してきたのだろう。

瀬田は、もちろんお引き受けします、と応えた。その患者は呼吸器内科病棟に入院しているという。

教授室から医局に通じる扉が開かれ、瀬田が入ってきた。

「桑野君、榊君、病棟に行こう」

「五階ですか？」桑野が訊いた。北斗大学歯科病院には、五階に口腔外科病棟がある。そこは主に、顎の形成術や口腔腫瘍の手術患者が入院している。桑野は、三月までそのフロアーで口腔外科の診療をしながら大学院に通っていた。馴染みの場所である。

「四階だ」しかし、瀬田の応えは違っていた。

「四階？」

「そうだ。四階の連絡通路から医科病院の十階病棟に行く」

はあ？　と桑野は顔をしかめた。瀬田は、クルッと体を回して部屋を出て行ったので、二人は後を追うしかなかった。

その十分後には、患者を乗せた車椅子を、瀬田は押していた。連絡通路を医科病院から歯科病院に向かっていく。車椅子の背もたれには点滴棒が備えられ、患者の右側下肢には金属製の装具が付いている。声をかけても、患者からは理解しずらい言葉しか返ってこない。さらに発熱中である。

桑野と愛子は、そのような患者に触れたことはない。車椅子などもっての外だ。瀬田は、患者を歯科病院に搬送して処置を行うのだと言う。

「看護師に連れて来させればいいじゃないですか」桑野が、瀬田の背中から言った。

「医科病院に入院している患者なんだから、患者の搬送は看護師の仕事というわけか？」

「はい」

瀬田は、車椅子を押す力を少し緩めた。「北斗大学医科病院には六百ほどのベッドがある。六百人の患者の口腔内に、むし歯や歯周病が無いわけが無いと思わないかい？」

「はい……入院患者は、満足に歯ブラシはできないでしょうから、むし歯はあると思います」

「あるはずなのに、なぜ今日まで医科病院から歯科病院に、診療依頼がなかったんだと思う？」

桑野は、うつむき加減にして、瀬田の背中をみつめた。

医科病院の患者は、全身的な病気にかかっているから、むし歯治療どころではないんじゃないか。言葉が発せられない患者がほとんどだから、むし歯の痛みがあっても、聞き入れられないのではないか。そもそも点滴に繋がれているような人が、むし歯の訴えなどするものだろうか。この患者の場合は、たまたま何かの拍子に、義歯が合わないという訴えが通っただけなのではないか。桑野は、思いを巡らした。

車椅子は、連絡通路を抜けた。瀬田が、後ろの桑野をチラッと見た。

「多分、過去に診療依頼はあったんだ。その時、看護師に患者を歯科病院まで搬送させた。そうすると、その看護師は、一人の患者にどれだけの時間を帯同していなくてはならないだろう？」

桑野は、答えることなく、頭を横に倒した。

瀬田は続けた。「ベッドから車椅子に移し、こうして搬送する。診療室に着いたら、廊下の椅子に座り歯科治療中じっと待っている。治療が済んだら、医科病棟まで搬送し、車椅子からベッドに戻す。トータルでどんな短く見積もっても一時間にはなるだろう」

「いち……じかん……」

「一人の看護師が一人の患者に一時間べったり付いていたら、病棟の看護業務はどうなるかな?」

さきほど、この患者を迎えに医科病院に足を運んだ。隣の歯科病院で学生時代から歯科治療を学んできたが、医科病院に来るのは初めてだった。そうしたら、そこらじゅうで、ナースコールが鳴っており、看護師は入れ替わり立ち替わり、病室とナースステーションを往復していた。あんな状況で、一人でも看護師が一時間以上も病棟を不在にしたら……。

「その病棟は、看護業務が麻痺してしまいますね」

桑野に、そして愛子にも、それは想像ができた。

「だから患者が、歯が痛いと言っても歯科病院には依頼せず、鎮痛剤や抗生剤を点滴して、入院中しのがせるようになったんだ。点滴は医科の得意とするところだから、問題はない。普段の業務に支障のない、やりやすい方を選択するのは当然のことだ」

三人は歯科病院のエレベーターの前に立った。そこは、審美歯科の待合スペースだ。ゆったりとしたソファに座って診療の順番を待っている患者たちと、ミニスカーフを巻いた受付の女性が、こちらをジロジロと見ている。車椅子は、いかにも場違いといった雰囲気である。

エレベーターの扉が開いた。

「瀬田先生、私に車椅子を押させてください」愛子が言った。

——これが医学部病院からの患者第一号だった——

翌日から、二人の研修医も帯同して、患者を搬送した。途中で、トイレに行きたいと訴え、診療室でなしにトイレに搬送し、患者のパンツを下げ、便座に腰掛ける介助をすることもあった。「車椅子を押して、患者さんの送り迎えまでしなくてはいけないのですか。これが歯科医師のすることでしょうか」ここで、二人の研修医の不満が爆発した。摂食機能療法科は、新規スタートで患者がゼロだったので、他の診療科のように臨床研修の形を成していなかった。やっと始まった治療が車椅子搬送で、イメージしている歯科治療と、あまりにもかけ離れていることに不満が溜まっていたのだろう。

研修医制度は法律に定められており、一年間の研修後には、厚生労働大臣名義で修了書が手渡される。研修医先に不満があるからといってその都度、国に提出した書類を取り下げ、変更し再提出していたのでは、制度が成り立たない。変更は認められるものではない。しかし、前例のないところの摂食機能療法科で起こったことに、特例措置として二人の研修医は別の診療科への転属が容認された。

こうして摂食機能療法科は、歯科の臨床教育に相応《ふさわ》しくない、といった評価が歯学部内に広がっていった。

むし歯、歯周病、抜歯、矯正の技術を身につけたい。患者の車椅子搬送や、身の周りの介助をするのに時間をとられていたのでは、他から取り残されてしまう。そうした研修医の思いが理解できるだけに瀬田は、十和田、明石、柏原の三人に対して臆病になっていた。摂食機能療法学講座に在籍することで、こんなはずではなかったと後悔させてしまうことにならないだろうか。三人は周囲からの冷たい扱いや視線に耐えられるだろうか。

教授、と隣の桑野が声をかけた。「僕は、瀬田先生のことも摂食機能療法のことも何も知らずに、開業までの腰掛けくらいのつもりで入局しました。動機はなんであれ、少なくともやる気は、よっぽどこの三人の方が、僕よりしっかりしています」

瀬田の組んでいる腕が解かれた。

桑野は三人を見上げた。「十和田はゴルフ部、明石は卓球部、そして柏原は野球部のマネージャーをやり抜きました。三人とも学業以外は、エース級の活躍をしていました。頑張り屋であることは確かです。特に、明石は、うるさいことにかけては超エース級だった」

「うるさいって、どういうことですか？」悠美が桑野に向かって腰をかがめた。

「俺は剣道部のOB指導でたまに稽古に出ている。稽古の始めと終わりに、御前《ごぜん》に向かって礼をする。その時に隣の卓球場から、明石のヨッサーとかイエッサーとかの威勢のいい声が入ってきて、厳《おごそ》かな場面が台無しだったんだ」

「えー、イエッサーなんて言ってましたかあ？」

「そんなようなもんだろ」

「あんた、剣道部にも気遣い無しだったのね」茜の言葉に笑いが起きた。

笑いが止んで、うん、と意を決したように瀬田が立ち上がった。前に立つ三人の一人一人に頷いた。

「みんな是非、来年もよろしく頼む」

桑野、愛子、加藤、茜も立ち上がった。

「あらためて乾杯だ！」瀬田がグラスを掲げた。

(21) 言ってしまおう

「おいしかったあ」

「ごちそうさまでした」

「ヨダレ鶏に黒ビールは最高だ」

と声を残し、八名は、昇凰楼のロゴのついた紙袋を手に店を出た。街は、昨日まで彩《いろど》られていたクリスマスのイルミネーションが跡形もなく、すっかり仕事納めの賑わいに変貌している。

「おみやげを、ありがとうございます」瀬田の左隣を歩く茜が、紙袋を少し持ち上げて言った。

「みんなと一緒に近藤先生にご馳走になったのでは、白票の責任が果たせないからね」

「白票にも責任があるんですね。袋の中からおいしそうな白票の責任の香りがします」

それを聞いて、瀬田が笑った。「昇凰楼のこの中華まんも最高なんだ。皮はモチモチで、中身は豚の角煮がつまっている。それが柔らかくてジューシーで、皮と絶妙のマッチングなんだよ」

「……と、明希子さんはおっしゃっていたんですね？」

「そういうことだ」

茜が、後ろに続く皆に聞こえるくらいに笑った。

十和田が、隣を歩く桑野に言った。「榊先生は、ビールの注ぎ方がうまいスね。榊先生に注がれたら、どんなビールでもおいしくなっちゃいますよ」

「あいつ、学生時代に恵比寿ビールのキャンペーンガールに選ばれて、コマーシャルに出ていたんだよ。その時、ビールの流儀をたたきこまれたんじゃないかな」

「えー、そうなんスか⁉」

「後に、芸能関係のオファーもあったらしいんだけど、実習が多い歯科大生をしながら芸能活動はできないから、卒業して研修医を修了するまでは、と断っていたらしい」

「それで榊先生は、歯科医師はしていなかったかも、なんて言ったんだ」

「歯科医師はしていない？　そうだろうな。榊はあのまま研修医を修了していたら、今頃歯科医師はしていないで、舞台でお芝居をしたり、スクリーンに映し出されたりしているかもな。たまたま摂食機能療法学という新しい講座が出来て、閉塞感にさいなまれていた心に火がついたんだろう。未知との遭遇にやり甲斐を求めたってところだ。まあどっちが、榊にとって幸せだったかは、わからないけどな」

その二人の後ろで、思い出した、と悠美が叫んだ。「私、堀越和樹さんの訪問診療の帰りに、道に迷って昇凰楼の前を通りました」

「綿棒ケースを忘れて、取りに行った時だな」左隣を歩く加藤が言った。

「でもそれ、実は忘れたわけじゃないんです。ベッドの下に置いてきたんです」

「ホント？　なんでそんなことしたの」右隣を歩く里佳子が訊いた。

「ブランデーを飲もうとしているか確かめようとしたの。堀越さんは、水だとムセるけど、ブランデーならムセずに飲めるらしいのね。冷圧刺激法をして嚥下の調子が良くなったから、私たちが帰ったあとブランデーに手を出すんじゃないかと……」

「そこで、わざと綿棒ケースを忘れて取りに行き、ブランデーを飲んでいる現場を抑えようとしたのか？」

はい、と悠美は加藤の方を向いた。「行ってみたら、グラスがテーブルに置かれていました。きっと慌《あわ》ててブランデーをケース棚にしまったんだと思います」

「水はムセるけど、ブランデーならムセないなんてことあるの？」里佳子が悠美にそう訊くと、あると思うよ、と加藤が答えた。

「今、嗜好《しこう》による咀嚼、嚥下の違いを調べているんだ」

大学院の研究で加藤は、同じ固さや流動性の食事でも、好き嫌いの違いが、噛み具合や、飲み込み具合に影響を与えるという仮説をたてた。口や喉の動きを透視するレントゲン造影と脳波を同時記録しながら観察している。

「前頭葉の脳波活性が上がるくらい好きなものだと、実にリズミカルに咀嚼し、嚥下反射もすぐに起きて、早いスピードで嚥下するんだ」

「きっと堀越さんは、ブランデーだと前頭葉の脳波が上がるかもしれませんね。今度調べてみてください」悠美が加藤に言った。

「大学に来てもらえれば測定するよ。そのかわりブランデーを飲むことになるから、内密にしなくちゃいけないな。それがバレたときは、明石の責任だからな」

「水だと誤嚥したのが、ブランデーだと誤嚥しなかったら、その発見の功績は私ですから、論文の筆頭著者は、私の名前にしてくださいね」

「明石は絶えず前向きでいいねー。まあ、ブランデーを飲ませる前に、冷圧刺激法をマスターしたほうがいいと思うけどな」

「加藤先生、痛いとこ突きますね」

それを聞いて加藤は笑った。「明石にも痛いとこがあるのか」

「それで悠美ちゃんは、堀越さん宅に戻ってからどうしたの？」里佳子が訊いた。

「ブランデーを飲ませてはいけないと思って、そのグラスにお水を入れて帰ってきた」

「わざと綿棒ケースを忘れたり、グラスに水を入れたり、けっこう大胆なことしたわね」

「近藤先生と桑野先生がおっしゃっていただろ、酒だけで生きていけるって。堀越さんならブランデーだけで生きていけるかもよ」加藤が、上を向いて夜空に言い放った。「病院じゃないんだから好きなようにさせてあげたらいいじゃないか。自宅の最大の利点は、病院じゃないことなんだからさ」

それぞれが、ゆったりとした歩調で、言葉を交わしながら味わいの余韻に浸っている。緩やかな坂を登りきったところで青山通りに出た。

一番後ろを歩く愛子が足を止めた。

「生きたいんじゃない。ビールが飲みたいんだ」その声にハッと振り返った。昇凰楼と書かれた桐の板が、波を打つように動いている。

フェニックスだ。

フェニックスが白い翼をいっぱいに広げ、空に羽ばたいていく。

愛子は、目で追って、追って、追った。

羽ばたきが木枯らしを誘い、木枯らしが愛子を包む。コートの裾が舞った。

「君は、この道を行きなさい」

翼がゆっくりと大きく翻った。次の瞬間、フェニックスは叩きつけるように翼を下ろすと、垂直に急上昇した。愛子は、見逃すまいとしたが、瞬《まばたき》の後に、フェニックスは消えていた。

先に、星が一つ残っている。

「この道を行きます」

愛子は、そっと声にした。星の輝きが、少し揺れたように見えた。

でも、この道を行くはいいけど、つまずいたら今度からどうしよう。神田明神にフェニックスはいない……。

愛子は、中華まんの入った袋を肘にかけ、両方の手のひらをいっぱいに開いた。

手に乗る大きさなら作ってくれるかしら。彼にお願いしてみよう。もう一度フェニックスを作ってください。面倒だと、わがままな女だといやがられるかな。この思いはとめられない。言ってしまおう。私のために作りなさい！

「ア・イ・コ・さーん」青山通りの向こうで茜の声がする。皆が、こちらを向いて待っている。

愛子は包み込むように手を握りしめ、そして走った。

（完）

あとがき

「趣味は何ですか？」

と訊かれても、何も持ち合わせていない私が、気づけば夢中になっているものがありました。

山荘を囲む木々と土を相手に、急な石段横のスロープ作りです。

そこに訪れるのは、三カ月に一度くらいなものでしたが、行くたびに四季のメリハリに心を踊らせ、日の暮れるまでノコギリやシャベルを持っていました。

もう一つ、夢中になっているものがありました。

ペンで、気持ちの内を無造作に綴ることです。それは、高校のときからの癖みたいなもので、一瞬で済ませることもあれば、長々とノートに向かっているときもありました。

どちらも、ひとさまに言えるようなものではありません。ただ、自分にも夢中になれるものがあるんだ、と発見した喜びがありました。

それらは、期限も規則もない、自分だけが知れる時間です。

私には、もうこれで十分でした。

あるとき、書き貯めていた断片を、つなぎわせ、一つの物語に書き上げてみようと思いました。一年、二年と月日が流れ、書き納めました。読み返した時、スロープの出来栄えを、遠くから眺めているような感覚に包まれました。

友人の上田千文氏に、それを読んでもらう機会がありました。本書は、その二作目になります。小石を上田氏に投げましたが、それから先の波紋は、とても私の考え及ぶところではありません。出版社をご紹介くださいました熊野勝弘氏、また無名小説家の作品を送り出してくださった彩流社社長の河野和憲氏に感謝申し上げます。

装丁には植田裕貴氏の染織《せんしょく》の作品を引用いたしました。

世に出た以上、「本よ、翔べ」と願います。

こうして、この本を手にしてくださった方に重ねて感謝いたします。

ありがとうございました。

二〇二一年五月吉日

著者識

【著者】
瀬田裕平
…せた・ゆうへい…
某大学歯学部教授。歯学博士。摂食嚥下リハビリテーションでは国内でパイオニア的存在。

Sairyusha

命《いのち》のワンスプーン
二〇二一年六月十日　初版第一刷

著者――瀬田裕平
発行者――河野和憲
発行所――株式会社 彩流社
〒101-0051
東京都千代田区神田神保町3-10大行ビル6階
電話：03-3234-5931
ファックス：03-3234-5932
E-mail：sairyusha@sairyusha.co.jp

印刷――明和印刷(株)
製本――(株)村上製本所
装丁――中山銀士(協力＝金子暁仁)

ISBN978-4-7791-2753-3 C0093
http://www.sairyusha.co.jp